Stefan Wolf

Graf Dragos Folterkammer

Pelikan

ISBN 3-8144-1117-x

Gesamtherstellung und Textredaktion:
Egon Fein, f-press, München
Umschlag-Gestaltung und Text-Illustration:
Reiner Stolte, München
Graphische Gestaltung: Heinrich Gorissen, München
Gesamtherstellung: Clausen & Bosse, Leck
Printed in Germany

15 14 13 12 11 10 9 8 7 6 5 4 3 2 1

Inhalt

TOM
wird nur so genannt, weil er sich über seinen echten Namen grün und blau ärgert. Er heißt nämlich Engelbert, mit Nachnamen Conradi, nach einem Großvater von Mutters Seite so benannt. Aber Tom paßt nun mal besser zu einem athletisch gebauten, großen Jungen, der auch noch perfekt in Karate ist, der waffenlosen japanischen Kampfkunst. Er geht in die 10. Klasse desselben Gymnasiums wie Locke. Alle mögen den blonden Jungen. Und das nicht nur wegen seines offenen, sympathischen Gesichts, sondern weil er – genau wie Locke – ein echter hilfsbereiter Kumpel ist, immer zur Stelle, wenn's um eine gute Tat geht. Er drängt sich selbst nie vor, sondern läßt sich zumeist – und das nur zu gern – von Lockes Unternehmungsgeist mitreißen. Denn er und Locke – naja, die sind nun mal unzertrennlich. Noch ein unverwechselbares Kennzeichen hat der knapp 16jährige: ein tiefblaues und ein grünes Auge. Tom lebt bei seiner Mutter Helga, einer Tierärztin. Seinen Vater hat er schon vor Jahren verloren.

LOCKE
hat diesen Spitznamen, weil sie *keine* Locken hat. Oder besser gesagt: nur ganz, ganz wenige, und das auch erst seit vier Jahren. Dabei war es ihr sehnlichster Wunsch als Kind gewesen, den Kopf voller Locken zu haben. Nina Rehm, wie Locke wirklich heißt, ist noch nicht ganz 15 Jahre alt, geht in die 9. Klasse des Gymnasiums und kurvt mit Vorliebe auf ihrem Mofa durch die Gegend. Wenn's das Wetter zuläßt, trägt sie dabei einen wagenradgroßen Strohhut. Weiterer Steckbrief: Groß, schlank mit langen Beinen, langes, kastanienbraunes Haar, nußbraune Haut, schmales Gesicht mit dunklen Augen und einem schön geschwungenen Mund. Locke ist ein „Temperamentsbolzen", sie hat mehr Unternehmungsgeist als zehn Jungens. Eine typische „Macherin", aber trotzdem durch und durch weiblich. Sie will immer und überall helfen – Menschen und Tieren. Locke lebt mit ihrem Vater Gunter und Bruder Mike zusammen. Die Ehe ihrer Eltern wurde geschieden. Ihre Mutter – eine Französin – wohnt heute in Paris.

GUNTER REHM
ist Lockes Vater, 44 Jahre alt und Lokalredakteur bei der größten Tageszeitung seiner Heimatstadt, einer ansehnlichen Großstadt mit Straßenbahn, vielen Buslinien, U-Bahn, mehreren Autobahn-Zubringern und einem Bundesliga-Verein. Der großgewachsene, etwas hagere Journalist deckt mit Vorliebe Mißstände auf und gilt deshalb bei allen, die keine reine Weste haben, als unbequem. Er kennt das Geschehen in der Stadt ganz genau, weil er es täglich hautnah erlebt. Gunter Rehm hat ein prima Verhältnis zu seinen Kindern Locke und Mike, malt in seiner Freizeit gern Porträts und spielt Tennis wie ein Meister. Seine liebste Partnerin: Dr. Helga Conradi. Aber das nicht nur auf dem Tennisplatz. Madeleine, seine einstige Frau, Lockes und Mikes Mutter, ist nach kurzer Ehe in ihre Heimat Frankreich zurückgekehrt. Sie hatten ganz einfach zu jung geheiratet, ohne sich so richtig gekannt und zueinander gepaßt zu haben. Als sie dies einsahen, trennten sie sich, aber sie waren einander deshalb nicht gram. Madeleine, die eher ein unabhängiges Leben bevorzugte, überließ die Kinder ihrem Mann.

MIKE
könnte die Mädchen reihenweise um den Finger wikkeln, wenn er wollte, und tatsächlich hat der Sonnyboy auch mehr als eine Freundin. Er heißt Michael Rehm, ist 19, Lockes großer Bruder, und er geht in die Abiturklasse. Nebenher schreibt er als freier Mitarbeiter für die lokale Tageszeitung. Vater Gunter Rehm ist sein großes Vorbild. Hobby: Fußballspielen, und zwar als Libero beim FC Eintracht. Der gutaussehende, breitschultrige Frauentyp Mike hat die braunen Haare und grünen Augen seiner fast schon vergessenen französischen Mutter. Mit Charme und spitzbübischem Lächeln kann er jeden Gegner entwaffnen, aber auch durch mitunter erstaunliche Beharrlichkeit (manche behaupten freilich, Mike habe einen Dickschädel) zur Verzweiflung bringen. Mike ist alt genug, um zu verstehen, daß weder Vater noch Mutter am Scheitern ihrer ebenso kurzen wie unüberlegten Ehe schuld waren.

DR. HELGA CONRADI
ist Toms Mutter, von Beruf Tierärztin – bei ihren vierbeinigen Patienten und deren Frauchen beliebt, von den Herrchen bewundert und verehrt. Ist auch kein Wunder, denn Helga sieht mit ihren 42 Jahren höchstens wie eine Dreißigerin aus: Blaue Augen, lange goldblonde Haare, schmales, ebenmäßiges Gesicht. Wirklich eine sehr attraktive Frau, und dazu auch noch überaus sportlich, was ihre schlanke Figur bestätigt. Beim Tennis gewinnt sie ab und zu sogar gegen Gunter Rehm einen Satz. Ihr Mann ist an einem heimtückischen Leiden gestorben, als Helga noch keine 30 war. Tom kann sich kaum an seinen Vater erinnern. Der Dritte in ihrer Familie ist der treue Nicki, eine ebenso lustige wie wachsame Mischung aus Boxer und Wolfshund.

OMA
wird Elisabeth Rehm von allen genannt. Sie ist 72 Jahre alt, Gunter Rehms Mutter, und sie lebt allein in einem hübschen, verwinkelten Häuschem im Grünen, mit einem großen Garten und geradezu riesenhaften Sonnenblumen. Birkenrode heißt Omas Wohnort. Er liegt ein bißchen außerhalb der Stadt, aber nah genug, damit es für Locke und Tom zu häufigen Besuchen reicht. Und darauf freut Oma Rehm sich natürlich. Nicht nur, weil sie ihre Enkelin und deren Freund gern mag, sondern auch ein wenig deshalb, weil die beiden jungen Leute ihr stets helfend beistehen. Ihr Mann, ein Lehrer, ist vor zwei Jahren gestorben. Jetzt ist „Frau Holle“ die Gesellschafterin der liebenswerten weißhaarigen Dame, eine ebenso betagte Katzenmutter, die Elisabeth Rehms alte Tage getreulich teilt.

Stefan Wolf

Locke und Tom greifen ein

Hundejäger töten leise
Terror durch den heißen Draht
Giftalarm am Rosenweg
Die Fußball-Oma darf nicht sterben
Flammen um Mitternacht
Überfall nach Ladenschluß
Der Mann mit den tausend Gesichtern
Aufruhr in der Unterwelt
Die Nacht am schwarzen Grab
Der Feind aus dem Dunkeln
Die Bande des Schreckens
Straßenräuber unter Palmen
Die Unheimlichen
Im Geisterschloß der Menschenhändler
100 Stunden Todesangst
Geheimbund Totenkopf schlägt zu
Graf Dragos Folterkammer

1. Notverkauf – weit unter Wert

Vor der Milchbar standen Tische im Freien, denn die ersten Herbsttage waren noch sonnig und mild.

Locke zuzzelte Bananenmilch, rückte dann ihren Strohhut zurecht und wartete auf Tom.

Er wollte seinen Motorroller aus der Werkstatt abholen. Das war gleich um die Ecke.

Heute bestand Grund zum Feiern. Es war ein Freitag, und mittags hatten die Herbstferien angefangen – Gelegenheit für das Pärchen, sich einem familiären Problem zu widmen.

Dr. Helga Conradi – hauptberufliche Tierärztin und aus ganzer Seele Toms Mutter – konnte in Kürze ihr 15jähriges Praxis-Jubiläum begehen.

So was feierte man nur einmal im Leben. Deshalb piesackten Tom und Locke ihre grauen Zellen, wie dem zu würdigen sei. Ein schönes Geschenk mußte her. Aber was?

Sie hatten dieses und jenes überlegt und alles verworfen. Daß Blumen nicht genügten, war klar. So wurde die Geschenk-Idee allmählich zum Problem, und der Termin rückte näher.

Schlimm, schlimm! dachte Locke – und hielt ihren Hut fest, denn ein Windstoß wehte aus Richtung Promenaden-Platz. Was schenkt man einer aparten Lady wie Helga? Sie hat schon alles. Und sagt, sie sei wunschlos. Glücklich ja sowieso.

„Entschuldigung", hörte sie eine männliche Schmalzstimme schräg über sich. „Ist dieser Platz noch frei, schönes Kind?"

Das schöne Kind drehte den Kopf soweit, daß der Blick der dunklen Glutaugen unter der Krempe hervor konnte.

Ein grinsender Typ stand neben ihr – knapp 20 und bonbonfarben angezogen. Seine Zähne erinnerten an das makellose Weiß einer Klo-Schüssel.

„Da sind noch fünf freie Tische", sagte sie. „An jeden können Sie sich setzen."

„Ich würde lieber bei Ihnen sitzen." Er deutete auf den zweiten Stuhl.

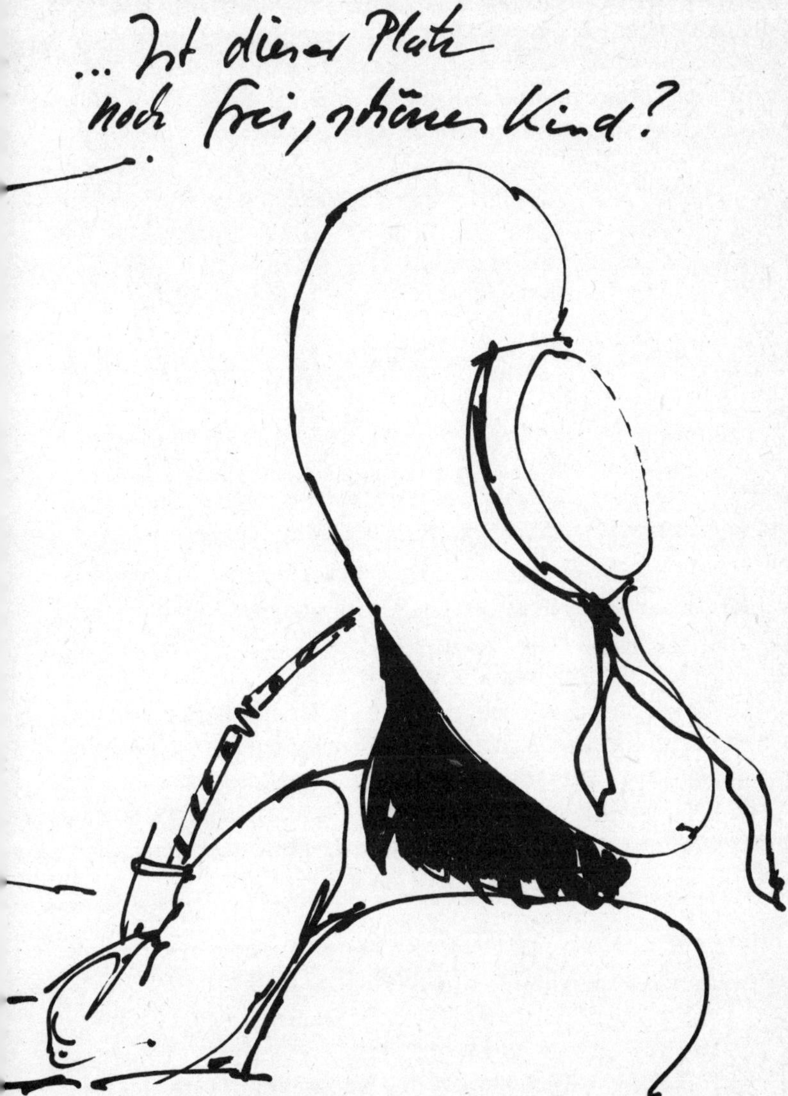
... Ist dieser Platz
noch frei, schönes Kind?

„Ist besetzt. Mein Leibwächter kommt gleich."

„Hahahahah!" lachte er viertönig. „Sehr amüsant."

Offenbar hielt er das für eine Einladung. Er griff nach der Stuhllehne.

Toms Motorroller röhrte noch einmal kurz auf, bevor er auf null geschaltet und am Bordstein geparkt wurde.

„Hast du ihn aufgefordert, sich zu dir zu setzen?" fragte Tom und beugte sich ein wenig über den Tisch – dem Strahlerzahn zu, der gerade mit bügelfrischen Hosen die Stuhlfläche berührte.

„Ich habe gesagt, da sei besetzt und du kämst gleich."

Tom sah ihn an.

„Du hast drei Sekunden, die Mücke zu machen. Dann setze ich dich auf die Straße. Und das Loch im Asphalt geht auf deine Rechnung."

„Schon gut, Goten-König. Wußte ja nicht, wie das läuft."

Sein Grinsen flatterte etwas – wie noch anderes an ihm. Er zog ab. Tom ließ sich nieder.

„Ich hab's", verkündete er und nahm einen Schluck aus Lokkes Bananenmilch, wobei ihm der Strohhalm ins Auge spießte.

„Heh, das ist mein Gesöff."

Tom wischte sich Milch aus dem Auge. „Locke-Liebling, in der Werkstatt mußte ich noch warten. Und da lag sie, die heutige Zeitung – das Tageblatt, an dem unser Gunter täglich Hand anlegt. Im Inseratenteil unter Kaufangebote habe ich den Knüller gefunden. Jetzt wissen wir, was Mütterchen Helga zum veterinärischen *(tierärztlichen)* Jubelfest kriegt."

„Du weißt es. Ich weiß noch gar nichts."

Die Bedienung kam und fragte Tom, was es sein dürfe.

Er bestand auf Holunder-Kuhsaft. Weil es den nicht gab, wich er aus auf Nuß-Mandel-Shake.

„Sehr komisch!" meinte die Bedienung. Sie hatte müde Füße und wenig Frohsinn im Herzen.

Tom zog ein Stück Zeitung aus der Tasche. Er hatte das Inserat ausgerissen.

„Hör dir das an, Locke: Notverkauf. Brillantring aus altem Familienschmuck. Seltenheit. Weit unter Wert abzugeben. Telefon ..." Er murmelte die Nummer. „Hm? Was meinst du?"

„Grundsätzlich widerstrebt es mir, die Notlage anderer auszunutzen. Außerdem könnte es sich um ein Ringlein mit dem Schätzwert 100000 DM handeln, den der Notverkäufer für 50000 abgeben will. Das wäre weit unter Wert, aber weit über unseren Möglichkeiten."

„Schon. Aber vielleicht bewegt sich die Summe in unserem Bereich. Fragen kostet nichts. Ich habe mal zusammengerechnet, was wir uns an Erfolgsprämien verdient haben. Ist ein netter Berg Kohle, der auf den Sparbüchern wächst."

„Kann schon sein. Darum kümmere ich mich nicht. Geldgespräche sind pfui! Wie sagt mein reicher Onkel in Amerika immer? Über Geld spricht man nicht. Geld hat man. Und ich denke nicht mal darüber nach."

„Ist löblich. Aber ich denke. Das Ergebnis ist: Ein paar Tausender könnten wir abzweigen von dem, womit mal unser Studium finanziert werden soll. Helgachen hat das verdient. Und mit Gunter machen wir's genauso, wenn er in sechs Jahren seinen Fünfzigsten feiert."

„Himmel!" flüsterte Locke. „Ist mein alter Herr schon so alt?"

„Sag ihm das ins Gesicht, wenn du Mut hast. Also? Rufen wir an bei dem Notverkäufer?"

„Worauf wartest du?"

Das Telefon befand sich auf dem Gang zu den Aborten.

Tom wählte. Die Nummer war achtstellig, also länger als üblich. Tom vermutete, daß sie zu einer Firma gehört. Die beiden letzten Ziffern waren sicherlich die Durchwahl zu einem Hausapparat.

Schon nach dem zweiten Läuten wurde abgehoben.

„Rottig", sagte eine kernige Männerstimme.

„Guten Tag! Mein Name ist Engelberg Conradi. Ich rufe an wegen des Inserats. Ist der Brillantring schon verkauft?"

„Nein. Der ist noch zu haben, Herr Conradi."

„Meine Freundin und ich – wir suchen ein Geschenk für meine Mutter. Aber wir sind Schüler – unsere Mittel begrenzt. Was kostet Ihr Brilli-Reif?"

„Es handelt sich um einen selten schönen Brillanten mit nur kleinen Einschlüssen. Der Schätzwert liegt bei 14000. Da ich im Augenblick sehr ... äh ... also, ich gebe ihn – schweren Herzens – für 5000 her. Verrückt! Aber was soll's?"

Fragend sah Tom in Lockes märchenhafte Pupillen. Sie hatte mitgehört. Vorfreude überglänzte ihren Aprikosenteint. Sie nickte heftig:

„Helga wird schimpfen, Tom. Aber dann freut sie sich doch."

„Sie haben es gehört, Herr Rottig? Wir sind also geneigt, der Sache näherzutreten. Allerdings fehlt uns die Fachkenntnis. Sie haben sicherlich nichts dagegen, daß wir den Ring von einem Juwelier prüfen lassen."

„Das ist doch selbstverständlich."

„Gut. Wann können Sie?"

„Jederzeit."

„Dann – sagen wir – in einer Stunde in dem Juweliergeschäft Lorenz Pagett. Würmser-Straße ist das – gleich hinter der Sebastian-Kirche."

Rottig sagte, er werde pünktlich sein. Sie legten auf.

„Jetzt müssen wir Gunter Bescheid geben", meinte Tom. „Er verwaltet unsere Sparkonten und muß den Scheck vorstrecken, falls aus der Sache was wird. Wenn ich ihn nicht überzeugen kann, solltest du ein paar harte Worte mit ihm reden."

„Das mache ich lieber gleich."

Sie rief im Pressehaus an. Gunter war an seinem Schreibtisch.

„Ja, Tochter?" fragte er.

„Gleich im voraus, Papilein. Ich dulde keine Widerrede. Also spar dir den Versuch, uns die Sache auszureden. Du wirst nur gebraucht wegen der Scheck-Unterschrift. Es handelt sich um 5000 Mark. Aber das wird Helga nicht erfahren. Denn einem geschenkten Gaul schaut sie ja nicht ins Maul, obwohl sie Tierärztin ist. Wir haben folgendes vor ...“

Sie berichtete.

Von Gunter hörte sie nichts. War er über dem Schreibtisch zusammengebrochen, oder verschlug es ihm schlichtweg die Sprache?

„So, Papi, das wär's.“

„Finde ich gut“, sagte Gunter. „Es ist euer Geld. Ihr habt es selbst verdient. Euch steht frei, was ihr damit macht. Daß ihr Helga einen so teuren Ring schenken wollt, ist hoch einzuschätzen. Obwohl bei einem Geschenk – wie ihr wißt – nicht der Wert entscheidet. Eine Million, die nicht von Herzen kommt, ist ein mieses Geschenk. Und wenig kann viel sein – in menschlicher Hinsicht. Daß ihr zu Pagett geht, ist unbedingt nötig. Auf sein Urteil könnt ihr euch verlassen.“

Tom nahm den Hörer. „Wenn der Deal *(Handel)* klar ist, komme ich bei dir vorbei und hole den Scheck ab. Gebongt?“

„Ich bin bis sechs Uhr hier. Dann fahre ich zur Pressekonferenz beim Ministerpräsidenten.“

„Ach, du dickes Ei!“ lachte Tom. „Will er euch wieder mal verklaren, daß er der Klügste und Schönste ist und eigentlich Kaiser von Europa sein sollte? Oder beansprucht er unser Fußball-Stadion als Baugrund für seinen Kalifen-Palast?“

„Nicht so respektlos“, lachte Gunter. „Der Mann wird auch die nächste Wahl gewinnen. Kümmert ihr euch um den Ring! Helga liebt Diamanten.“

*

Rottig – Dr. Eberhard Rottig, wie auf seiner Visitenkarte stand – hieß in Wirklichkeit Otto Nolde.

Aber das paßte nicht zu ihm. Sah er doch aus wie ein britischer Kolonialoffizier: hochgewachsen, herrenreiter-gerade, elegant. Sein graublonder Schnauzbart war sorgfältig gestutzt.

Er hatte Goldschmied gelernt. Er wußte alles über Schmuck. Seine Spezialität waren Fälschungen.

Seit 23 Jahren fertigte er von erlesenen Pretiosen *(Kostbarkeiten)* täuschend ähnliche Imitationen *(Nachbildungen)* an.

Nur Fachleute merkten den Unterschied.

Freilich war das nur die eine Seite des Rund-um-Talents Otto Nolde. Was ihn zu einem der erfolgreichsten, reisenden Betrüger in Europa machte, war seine Fähigkeit als Taschenspieler.

Die gehörte dazu.

Gelernt hatte er die Fingerfertigkeit von einem bulgarischen Taschendieb namens Gurkovo, der allerdings schon lange in Westeuropa lebte, weil sich jenseits des Eisernen Vorhangs Diebstahl nicht lohne – wie er zu sagen pflegte.

Gurkovo galt unter seinesgleichen als absoluter King. Von ihm wurde behauptet, er könne jemandem das Unterhemd vom Leibe stehlen – ohne sich dem Opfer auf Tuchfühlung zu nähern.

Nolde hatte bei ihm – gegen hohes Entgelt – einen Schnellkurs besucht, zwei Auffrischungen mitgemacht und nach Jahresfrist Privatunterricht genommen. Mit gutem Ergebnis.

Gurkovo nannte ihn seinen Meisterschüler und würdigen Nachfolger. Gurkovo selbst war inzwischen ein bißchen zittrig geworden. Seiner Fähigkeit tat das keinen Abbruch. Aber es kam vor, daß er sich vergriff und Dinge stahl, die er gar nicht haben wollte.

Gurkovo hoffte, Nolde als Cheftrainer in seiner Pariser Pickpocket *(Taschendieb)*-Schule anzustellen. Aber der hatte Besseres vor. Ausschließlich für die eigenen Geschäfte nutzte er seine Fähigkeiten. Die Tradition der Taschendiebe Europas und des Vorderen Orients – worüber Gurkovo demnächst ein Buch veröffentlichen wollte – lag ihm nicht am Herzen.

Leider hatte der Absatz besonders aufwendiger Fälschungen in letzter Zeit Schwierigkeiten gemacht.

Kunden, die bereit waren, 100000 Mark oder mehr anzulegen, ließen sich per Zeitungsinserat kaum noch angeln.

Deshalb stieg Nolde vorübergehend auf Klein-Schmuck um, wie er Pretiosen zu vierstelligem Wert nannte.

Zur Zeit wohnte er im Hotel WEEKEND am Promenaden-Platz. Das ist eine vornehme Adresse. Und ein Hotel kann nichts dafür, daß sich Gauner bei ihm einmieten.

Freilich war Nolde-Rottigs Abreise schon für morgen geplant. Und sollte das Geschäft mit diesem Tölpel namens Conradi zustande kommen, wollte Nolde ohnehin noch heute die Platte putzen.

Sein nächstes Ziel war Bad Gahstfrey, wo er sich mit einer gewissen Stepanka Nicoletta Dölme treffen würde, die zwar erst 21 Jahre zählte, es dennoch schon faustdick hinter den Ohren hatte und seit geraumer Zeit seiner fälscherischen Hilfe bedurfte. Doch davon sei später die Rede.

Nolde, mit Falschnamen Rottig, verließ das Hotel.

Er hatte alles bei sich. Bis zur Würmser-Straße war es nicht weit. Also ließ er seinen Wagen in der Hotel-Tiefgarage und ging zu Fuß.

2. Herz- und Zahnfleischbluten

Lorenz Pagett, der bekannte Juwelier, war im selben Tennis-Club wie Gunter und Helga. Man kannte und schätzte sich.

Selbstverständlich war er zur Beratung bereit, als das Nachwuchs-Gespann bei ihm auftauchte. Er mochte Locke sehr, hatte sich immer eine Tochter wie sie gewünscht, statt dessen vier Söhne bekommen. Der zweitjüngste ging in dieselbe Klasse wie Tom.

„Wenn ihr 5000 Mark anlegen wollt“, meinte er lächelnd, „könnt ihr natürlich auch bei mir etwas haben. Allerdings nichts, was 14000 wert ist.“

„Gibt's das überhaupt – solche Notverkäufe?“ fragte Locke.

„Not macht manchmal erfinderisch, manchmal demütig. Möglich ist alles. Gestohlener Schmuck wird preiswert angeboten. Natürlich nicht mit dem Hinweis, daß es sich um Diebesbeute handelt.“

„Daran habe ich auch schon gedacht“, nickte Tom. „Warten wir's ab.“

Der Mann, der zur verabredeten Zeit das Geschäft betrat, sah nicht aus wie ein Dieb.

Schick in Schale, stellte Tom fest. Notleidend wirkt er nicht. Aber vielleicht schämt er sich dessen und hält die Fassade aufrecht. Oder er ist vom Spielteufel besessen und braucht unbedingt Geld.

Nolde lächelte. Er nannte seinen Falschnamen. Eisgraue Augen prüften die drei.

„Mit Ihnen“, wandte er sich an Tom, „habe ich sicherlich telefoniert?“

„So ist es, Herr Rottig.“

„Dr. Eberhard Rottig.“ Er zog eine Visitenkarte mit Züricher Adresse aus der Brieftasche und gab sie Tom.

„Sie haben sicherlich Ihren Ausweis dabei“, sagte Tom. „Denn falls wir den Ring erstehen, würden wir gern Ihre Personalien festhalten. Dafür haben Sie Verständnis?“

„Aber ja", lächelte Nolde. „Wenn man von einem Fremden kauft, weiß man ja nie, wie ehrlich das zugeht. Ich muß sagen, ich trenne mich nur schwer von dem Ring. Er gehörte meiner verstorbenen Frau. Aber ... na, lassen wir das. Leider ist das Wertgutachten verlorengegangen", wandte er sich an Pagett, „damals als in unserer Villa der Brand ausbrach. Es ist ein herrlicher weißer Wesselton-Diamant. Ich glaube, er hat 0,9 Carat."

Er nahm ein schwarzledernes Schmucketui aus der Brusttasche und klappte es auf.

Ahhhhhhh! dachte Locke. Ist der aber toll! Dieses kühle Gefunkel! Wie geschaffen für Helga.

Der kleine Diamant thronte, gut gefaßt, leicht erhaben auf einem nicht zu breiten Goldband. Es war 18-carätiges Gold.

Pagett nahm den Ring, nickte mit gespitzten Lippen, schien zunächst mal beeindruckt.

Dann bemühte er seine Geräte. Während er den Diamanten unter dem Mikroskop prüfte, trat Nolde beiseite. Offenbar war ihm nicht daran gelegen, mit Tom und Locke ins Gespräch zu kommen. Aufgestellte Aschenbecher zeigten an, daß man hier rauchen dürfe.

Nolde zündete sich eine Zigarette an. Er benutzte ein Zündholzbriefchen, das dunkelrot war – mit silberner Aufschrift.

Vom WEEKEND, stellte Tom aus dem Augenwinkel fest. Wahrscheinlich wohnt er dort. Braucht er das Geld, um die Rechnung zu bezahlen?

Während Nolde Rauch durch die Nase ausblies, spürte er gallischen Ärger auf der Zunge.

Dieser verdammte Bengel! Ein Klugscheißer! Wollte der doch tatsächlich den Ausweis sehen. Ein Jammer! Denn diese erstklassige Fälschung hatte er sich erst vor kurzem in Wien angeschafft – für teuresGeld. Nur wenig hatte er ihn bisher benutzt. Der hatte seinen Anschaffungspreis noch nicht eingespielt. Ärgerlich! Denn die meisten Tölpel, die er reinlegte, waren gutgläubig und gingen nicht auf Nummer Sicher. Von seinem Auftreten ließen sie sich blenden. Und viele, denen er Imitate angedreht hatte, wußten bis heute nicht, was sie im Safe verwahrten – beziehungsweise, womit die werte Gattin sich schmückte.

„Ein durchaus schöner Ring", sagte Pagett. „Schliffart Brillant, Gewicht 0,91 Carat, Rundiste normal und fein, Proportionen sehr gut, Politur gut, Symmetrie sehr gut, Reinheit SI, das heißt, mit kleinen Einschlüssen. Die Farbe ist Wesselton, die Lumineszenz deutlich."

„Könnten Sie auf deutsch sagen", grinste Tom, „ob er 5000 Mark wert ist?"

„Ich würde ihn für 14000 verkaufen."

„Und falls er auf Helgas Finger nicht paßt", sagte Locke, „könnten Sie ihn passend machen?"

„Kein Problem."

Nolde lächelte. Er nahm den Ring zurück und legte ihn in das Schmucketui.

Das war der Moment, seinen zigtausendfach geübten Taschenspielertrick anzuwenden.

Er vertauschte den Brilli-Reif.

Unter den Augen der drei ließ er ihn verschwinden. Und die täuschend ähnliche Imitation, aus der weißen Manschette hervorgezaubert, landete auf dem bläulichen Samt.

Nicht mal Gurkovo hätte was gemerkt.

„Also 5000", sagte Nolde und betrachtete die Fälschung, als könne er sich von Anblick und Erinnerung nicht losreißen.

„Wir kaufen", sagte Tom.

Nolde nickte, ohne zu lächeln. „Und wie geht's weiter? Sind Sie volljährig?"

„Nee, noch lange nicht. Aber der Scheck liegt bei Lockes – ich meine – bei Ninas Vater. Ich hole ihn."

„Am liebsten wäre mir ein Barscheck, den ich gleich einlösen kann. Ich fahre morgen nach Zürich zurück und ... na ja!"

„Das wird kein Problem sein", meinte Tom.

Nolde reichte ihm das Etui.

Ein durchaus
chöne Ring.

Aber Tom schüttelte den Kopf.

„Zug um Zug. Machen wir's doch so: Wir nehmen uns ein Taxi zum Pressehaus. Ich hole den Scheck. Wir düsen zur Bank. Sie lösen den Scheck ein. Wir haben den Ring, und der Deal ist gelaufen. Jetzt allerdings – Sie sind mir nicht böse –", und wenn doch, dachte er, ist es mir auch egal, „möchte ich Ihren Ausweis sehen."

„Natürlich."

Nolde holte ihn hervor.

Tom und Locke verglichen die Eintragungen mit dem, was auf der Visitenkarte stand.

„Alles klar."

Tom gab den Ausweis zurück.

Sie fragten Pagett, was sie schuldig seien für die Prüfung. Aber der schüttelte amüsiert den Kopf.

„Spätestens wenn du für Locke das Hochzeitsgeschenk kaufst, sehe ich dich wieder."

„Das sind aber ungewisse Aussichten für Sie, Herr Pagett", meinte Locke. „Daß ich den Conradi auf Dauer aushalte, sehe ich noch nicht."

Der Juwelier lachte.

Nolde verzog keine Miene. Sein dumpfes Brüten entrückte ihn in die Vergangenheit. Er schien an seine verblichene Gattin zu denken oder an den Brand in der Villa.

*

Locke und Nolde warteten hinter dem Pressehaus im Taxi. Das war wenig erheiternd, und Locke langweilte sich. Der Typ hatte die Gesprächigkeit nicht erfunden. Schweigen schien er für eine Tugend zu halten. Auf Lockes Frage, ob ihm die Stadt hier gefiele, antwortete er mit einem Achselzucken.

Tom kam im Laufschritt zurück und schwenkte den Scheck.

„Gunter möchte den Ring sehen. Ich habe ihn auf später vertröstet. Weil die Bank gleich schließt. Heizen wir hin!"

Er stieg vorn ein und nannte dem Fahrer das Geldinstitut.

Das Taxi wartete auch dort, während Tom hineinlief.

In der Bank kannte man ihn. 50 Hunderter wurden ihm ausgehändigt. Er zählte nach, bevor er sie in ein Kuvert schob.

Im Taxi überreichte er Nolde das Geld. Der zählte zweimal nach, seufzte und übergab Locke das Schmucketui.

Sie und auch Tom betrachteten den Ring.

„Ist der echt?" fragte der Taxifahrer.

Nolde lachte herzlich und laut. „Das will ich meinen. Echt und von erhabener Schönheit."

Er gab Locke und Tom die Hand. „Grüßen Sie unbekannterweise die verehrte Dame, die dieses Geschenk erhält. Ich wünsche ihr viel Freude damit. Daß ich den Ring meiner Magda in guten Händen weiß, tröstet mich. Man wird ihn an der Dame bewundern. Damit erfüllt er seinen Sinn. Alles Gute! Auf Wiedersehen."

Er stieg aus.

Einen Moment später war er verschwunden im Gewimmel der Fußgängerzone, die auf der anderen Straßenseite beginnt.

„Die gute Kinderstube", sagte Locke, „spürt man doch gleich. Dr. Rottig hat so eine melancholische Vornehmheit. Sie umschwebt ihn. Wie muß jemandem das Herz bluten, wenn er aus Not den Ring seiner verstorbenen Frau verkauft?"

„Keine Ahnung", meinte Tom. „Mir blutet nur manchmal das Zahnfleisch, wenn ich eine zu harte Zahnbürste benutze."

Der Fahrer lachte.

„Kein Gefühl für Romantik", tadelte Locke. „Und Sie übrigens auch nicht, Herr Motordroschken-Kutscher."

Der Mann zog den Kopf ein.

„Zurück zum Pressehaus", sagte Tom. „Ach, da fällt mir auf: An den Fahrtkosten hätte er sich ruhig beteiligen können, der Dr. Rottig. Na ja, bei dem Schleuderpreis ist das wohl nicht drin."

3. Der Gauner verliert keine Zeit

In der siebten Etage des Pressehauses, in Gunters Vorzimmer, legte Melanie Frühauf gerade den Steno-Block beiseite, als die beiden hereinkamen.

„Darf ich den Ring mal sehen?“ Sie wußte schon Bescheid.

Locke öffnete das Schmucketui, und Melanie umschnurrte den Brilli-Reif wie ein Kätzchen den frischen Hering.

„Der ist aber wunderschön. Jetzt wird der Rehm ihn begutachten. Ihr wißt doch, daß er gerade an der Diamanten-Story arbeitet?“

„Woran?“ fragte Locke.

„An einer Serie über Diamanten! Da steht dann alles drin, was es darüber zu sagen gibt. Ich glaube, er hat sich schon zum Experten entwickelt. Die Serie wird übrigens eine Woche vor Beginn der großen Schmuck-Ausstellung in unserem Weltblatt gestartet. Also Ende des Monats. Diamanten-Händler und Schmuck-Designer aus aller Herren Länder kommen. Was dann in unseren Messehallen zu sehen ist, läßt sich in Millionen nicht mehr ausdrücken.“

„Da wird die Polizei aber aufpassen müssen“, meinte Locke.

Gunters Tür war nur angelehnt. Tom schob sie auf und den Kopf durch den Spalt.

„Wir sind da. Du willst doch den Ring sehen.“

„Sehen, befühlen, unter die Lupe nehmen und reinbeißen“, meinte Gunter.

Er hatte die Brille über die Stirn hochgeschoben und einen vergeistigten Ausdruck um die Augen – wie immer, wenn er schwer arbeitet.

Auf seinem Schreibtisch häuften sich Blätter, Zettel und Manuskripte. Alles war da – nur kein Kugelschreiber mit gefüllter Mine und kein Bleistift mit Spitze. Obwohl das Pressehaus über modernste Technik verfügt und über nahezu jeden Computer, der in den Medien *(Film, Funk, Fernsehen, Presse)* verwendet wird, treten hinsichtlich der Schreibgeräte des öfteren Eng-

Das ist
kein Brillant
Das ist
Glas

pässe auf. Es soll schon vorgekommen sein, daß sich Gunter und Melanie tagelang mit einem Kugelschreiber behelfen mußten, immer abwechselnd.

Locke hüpfte zu ihrem Vater.

Er wurde auf die hagere Wange geküßt, wo der Bart schon wieder sprießte.

„Wie wir von Melanie Frühauf hören, befaßt du dich mit Diamanten."

Gunter nickte.

„Dann wirst du zugeben, daß dieser hier", Locke zog das Schmucketui aus ihrer Umhängetasche, „sensationell prächtig ist."

Gunter betrachtete den Ring. Anfänglich kerbte er die Mundwinkel mit anerkennendem Lächeln.

Aber das wurde dünner und löste sich auf.

Er nahm den Ring aus dem Etui und trat ans Fenster. Er drehte ihn so und so, ließ das Tageslicht auf die geschliffenen Flächen fallen.

„Das ist kein Brillant. Das ist Glas."

„Hahah!" meinte Tom.

Locke schob die schön geschwungenen Brauen zusammen.

„Gunter Rehm!" sagte sie streng. „Es ist weder witzig noch fair, uns so zu erschrecken."

„Der Hund soll mich beißen", sagte Gunter durch seinen kräftigen Schnauzbart, „meinetwegen sogar Nicki – wenn das hier ein Diamant ist. Warum, zum Teufel, habt ihr mir diesen Talmi-Reif nicht gleich gezeigt?"

„Nun hör aber auf", Tom war blaß geworden, „auf Lorenz Pagett ist doch Verlaß. Oder? Unmöglich, daß der sich irrt. Mit 14000 hat er- wie ich dir sagte – den Wert veranschlagt."

„Ihr ahnungslosen Kindsköpfe! Pagett hat sich bestimmt nicht geirrt. Ich nehme an, er hat einen Ring beurteilt, auf den all die Herrlichkeit zutrifft. Aber zwischenzeitlich hat euer Dr. Rottig die Kostbarkeit gegen diesen Schund ausgetauscht. Schund ist allerdings zuviel gesagt. Es handelt sich um eine handwerklich recht hübsche Arbeit. Aber der Diamant ist kein Diamant, das könnt ihr mir glauben. Und das Gold ist wahrscheinlich kein Gold – allenfalls vergoldetes Blech oder so."

Tom sprang zu Gunter und nahm ihm den Ring aus der Hand.

„Der ... der sieht aber genau aus wie ... wie der echte."

„Muß er auch. Das gehört zum Betrug."

Tom ließ sich in den Besuchersessel fallen.

Locke schleuderte ihren Hut auf den Schreibtisch.

„Aber", sagte Tom lahm, „wir haben Rottigs Adresse ... ach, Kuhfladen! Wahrscheinlich gibt's die gar nicht."

„Dann wäre auch sein Reisepaß eine Fälschung", sagte Locke und bleckte die Zähne wie eine wütende Tigerin. „Ich könnte mir ein Bein abreißen."

Betretenes Schweigen breitete sich aus.

Auch im Vorzimmer war es mucksmäuschenstill.

Sicherlich spitzte Melanie Frühauf die Ohren.

„Er hat uns 5000 Mark abgegaunert", sagte Locke voller Grimm, „und den melancholischen Romantiker raushängen lassen. Blahblahblah! Hättest du hören sollen. Wenn ich den je wiedersehe, trete ich ihn vors Schienbein, daß er im Knast an Krücken geht."

Gunter streckte die Hand aus zum Telefon.

„Wir müssen schnell handeln. Ihr habt seine Telefonnummer. Wenn sich die Polizei beeilt, erwischt sie ihn noch."

Tom spürte Wut in sich. Wie heißer Tee, den der Magen ablehnt, stieg die Woge in seiner Speiseröhre auf. Er hatte sogar Wut auf der Zunge.

Den kaufe ich mir, dachte er. Und zwar, bevor die Ordnungshüter zuschlagen, beziehungsweise daneben greifen.

Er stand auf.

„Hier ist das Inserat." Er warf den Zettel auf Gunters Schreibtisch. „Locke kann Rottig beschreiben. Ich stoße mal in die Fußgängerzone. Vielleicht finde ich ihn. Der rechnet doch nicht damit, daß wir den Betrug so schnell merken."

Als er bereits an der Tür war, sagte Gunter: „Du hast was Bestimmtes vor. Wohin soll ich den Krankenwagen schicken?“

„Ich rufe an.“

„Heh!“ tönte Locke. „Und ich?“

„Du wirst hier gebraucht. Bis gleich.“

Er flitzte durchs Vorzimmer.

Melanie starrte entgeistert.

Auf dem Weg zum Lift kam er an einem anderen Vorzimmer vorbei. Dessen Tür stand offen.

Niemand war drin. Aber neben dem Telefon lag das städtische Fernsprechverzeichnis, ein Wälzer mit fast 2000 Seiten.

Tom sah unter HOTELS nach.

Er hatte die vonRottig angegebene Nummer noch im Kopf. Und richtig: Die ersten sechs Ziffern stimmten überein mit dem Anschluß des WEEKEND. Bei den beiden letzten Ziffern handelte es sich garantiert um die Durchwahl zum Zimmer des Gastes.

Tom fuhr mit dem Lift hinunter.

Sein Motorroller und Lockes Mofa befanden sich noch in der Würmser Straße, nahe dem Juwelier-Geschäft Pagett.

Ich nehme mir ein Taxi, dachte er. Rottig macht natürlich den Abflug. Aber vielleicht ohne Hektik. Erstens muß er annehmen, daß sein Betrug ein Weilchen vorhält. Zweitens weiß er nicht, daß mir sein WEEKEND-Streichholzbriefchen aufgefallen ist – daß wir also schon checken, wo er hier sein Quartier hat. Verdammt, wo sind die Taxis?

Die Stoßzeit zum Wochenend-Auftakt hatte begonnen.

Tom fluchte. Wie immer, wenn man dringend ein Taxi braucht, war keins da.

Er setzte sich in Trab bis zur nächsten Ecke. Einige Mietdroschken fuhren an ihm vorbei, waren aber alle besetzt.

Also verließ er sich auf seine flinken Beine und trabte durch einen größeren Teil der Innenstadt.

Erhitzt kam er beim WEEKEND an, wo ihm ein Portier in weinroter Uniform die Drehtür anschob.

In der Hotelhalle war es angenehm kühl. Der Massen-Tourismus fand hier nur selten statt. Die gediegene Ausstattung verriet, wem das WEEKEND den Vorzug gibt: nämlich den gutbetuchten Einzelgästen, die im Rolls Royce anreisen – nicht im Großraum-Bus.

Am Empfang tat ein Mann mit Goldbrille Dienst.

Tom grüßte. "Ich bin mit Dr. Rottig verabredet."

Herr Goldbrille blickte verwundert.

„Dr. Rottig ist schon abgereist."

„Wann?"

„Etwa vor einer halben Stunde."

Hat also keine Zeit verloren, dachte Tom. Dieser abgefeimte Kerl!

„Er hat auch keine Nachricht für Sie hinterlassen", ergänzte der Empfangsmensch ungefragt.

Tom nickte. „Wissen Sie zufällig, wie er abgereist ist: mit der Bahn, per Flugzeug oder im eigenen Wagen?"

„Er hatte seinen Wagen in unserer Garage. Ich sah zufällig, wie sein Koffer eingeladen wurde."

„Was für ein Wagen?"

Herr Goldbrille zögerte. Das Verhör, das Tom mit ihm anstellte, war ungewöhnlich.

„Sie brauchen kein Geheimnis daraus zu machen", sagte Tom. „Wahrscheinlich wird die Polizei gleich antanzen und Sie ebenfalls über diesen Dr. Rottig befragen. Der Mann ist nämlich ein professioneller Betrüger. Vorhin hat er mich und meine Freundin um 500 Mark betrogen. Daß er Rottig heißt, trifft sicherlich nicht zu. Ein Falschname. Also – was für ein Wagen?"

Herr Goldbrille seufzte, schüttelte ungläubig den Kopf, blickte auf den Belegungsplan, den er just vor sich ausgebreitet hatte, und gewann dann sein inneres Gleichgewicht wieder.

„Ein Renault Fuego. Metallic gold."

„Danke! Das bringt schon was. Den Schlitten trifft man nicht so häufig an."

Ein Renault
Fuego.
Metallic Gold

„Nein. Nicht so häufig. Sogar selten."

„Selten", nickte Tom. „Als Heimadresse hat Rottig Zürich angegeben, was natürlich nicht stimmt. Ich brauchte nun einen Hinweis. Können Sie sich an irgendwas erinnern? Hat er Post erhalten?"

„Nein. Er wohnte nur zwei Tage bei uns. Keine Post."

„Besuch?"

„Mir ist nichts aufgefallen. Aber ich bin nicht immer hier. Außerdem beobachten wir unsere Gäste nicht."

„Völlig klar. Hm. Fällt Ihnen sonst etwas ein?"

Der Empfangsmensch überlegte. Schon wollte er den Kopf schütteln, als ein Strahlen über seine untere Gesichtshälfte huschte.

„Ich weiß nicht, ob das wichtig ist. Das Telefonbuch in seinem Zimmer wurde offenbar vom Zimmermädchen verlegt. Daraufhin rief er hier an und bat um die Vorwahlnummer von Bad Gahstfrey. Ich habe das im Kopf behalten, weil ich öfters dorthin fahre. Ich liebe die Berge sehr. Je bedrohlicher die Felsriesen sind, um so schöner."

„Sie sind eine große Hilfe, Herr ..."

„Falthammer."

„Herr Falthammer, ich bedanke mich herzlich."

Als Tom durch die Drehtür abschob, hielt ein Streifenwagen in der Hotelauffahrt.

Tom erkannte Kommissar Menke und verzupfte sich eilig.

4. Sieglindes Hilferuf

Gunter bemühte sich, streng zu wirken.

„Als dein künftiger Stiefvater, Tom, ist mir wohl die Frage erlaubt, was, zum Teufel, du übers Wochenende in Bad Gahstfrey willst. Und wieso Locke meint, sie müsse unbedingt mit. Hast du eine Spur?“

Tom grinste. Er hatte Locke im Pressehaus-Flur angetroffen, als sie gerade aus dem Waschraum für Damen kam, und in fliegender Eile informiert.

„Rottig“, sagte er jetzt, „hat mit irgendwem in Bad Gahstfrey telefoniert. Vermutlich. Das wußte ein Hotelmensch. Inzwischen weiß es sicherlich auch Kommissar Menke. Aber ich bezweifle, daß der deshalb eine Hundertschaft – oder zwölf seiner Top-Agenten – in den Urlaubsort schickt. Kann er gar nicht, weil Gahstfrey in Österreich liegt. Dort nennen sich die Bullen übrigens Gendarmen. Außerdem wissen wir ja gar nicht, ob Rottig dort auftaucht. Die Chance steht nur eins zu unendlich. Aber was sollen wir sonst machen?“

Locke nickte. Sie hatte ihren Hut wieder aufgesetzt und wikkelte sich eine dunkle Haarsträhne um den Zeigefinger.

„Außerdem, Papilein“, schnurrte sie, „haben sich fleißige Schüler wie wir eine klitzekleine Herbstreise verdient. Daß Tom auf mich aufpaßt, weißt du. Helga wird von dir unterrichtet, denn wir brechen gleich auf. Auch das nötige Geld kriegen wir von dir. Zahnbürsten kaufen wir unterwegs. Bis Einbruch der Nacht können wir in Bad Gahstfrey sein. Grüß mein Brüderchen Mike und schreib uns die Adressen der Typen auf, die du dort kennst.“

Gunter ließ sich im Sessel zurücksinken.

Eine Weile blickte er zur Zimmerdecke auf.

„Womit habe ich diese Kinder verdient?“ murmelte er.

„Ich gebe ja zu“, lächelte Locke, „Tom und ich sind ein Glücksfall. Aber du mußt nicht so bescheiden sein. Für unseren Gunter nur das Beste.“

„Du hast mich mißverstanden“, sagte er. „Aber das wollen wir nicht erörtern. Vermutlich kann ich eurem Rachedurst nichts entgegenhalten. Also fahrt mit meiner Erlaubnis. Rottig wird dort sowieso nicht auftauchen. Kleine Ferienorte sind nichts für große Betrüger.“

Er zückte seine Brieftasche.

Tom erklärte, Lockes Mofa bliebe hier. Es wäre bequemer und sicherer, wenn er sie auf seiner neuen Vespa mitnehme – einem ziemlich PS-starken Modell, das sich auch mit zwei Personen bemannen läßt.

Dann kam Locke auf die ihrem Vater bekannten Typen in Bad Gahstfrey zurück.

„Du warst doch mehrmals dort. Hast davon gesprochen. Das wären Anlaufadressen für uns. Oder?“

„Ich überlege, wem ich euch zumuten kann“, meinte Gunter. „Da wäre einmal Polizei-Inspektor Ludloff – falls es euch unterm Hintern brennt. Er hat nicht das Gelbe vom Ei erfunden, aber notfalls könnt ihr ihn ansprechen. Als Bergsteiger ist er gut. Dann wäre da noch Dr. Gregor Rübsam.“

Er zog einen Notizzettel heran, fand keinen Kugelschreiber und rief ins Vorzimmer: „Frühauf, den Schreiber!“

Sie brachte ihn, und er schrieb die Adresse auf.

„Dr. Rübsam“, erklärte er, „ist mittlerweile 91. Also geht vorsichtig mit ihm um. Vor zwei Jahren war er allerdings noch sehr rüstig. Wenn ihr ihm sagt, daß ihr von mir kommt, wird er euch umarmen.“

„Weshalb das?“ Locke riß die Glutaugen weit auf. „Mag er dich etwa?“

„Das wäre – nach Helga – schon das zweite menschliche Wesen“, sagte Tom, „das Sympathie für dich hegt. Sensationell!“

Gunter legte die Hand auf die Brieftasche, die noch ungeöffnet war.

„Sagtet ihr, daß ihr Geld von mir wollt?“

„Klar!“ nickte Locke. „Weil wir dich lieben. Mehr noch, als die Menschheit dich liebt.“

„Ich habe Rübsams Ehre gerettet“, sagte Gunter, „nämlich umfangreiche Recherchen angestellt und nachgewiesen, daß er kein Kriegsverbrecher ist, wie behauptet wurde, sondern – ganz im Gegenteil – Verfolgte des Nazi-Regimes versteckt und ihnen geholfen hat. Als mir das damals gelang, wart ihr noch viel kleiner und dümmer als jetzt. Deshalb wißt ihr nichts davon. Soviel zu Dr. Rübsam.“

„Bist du sicher, daß er noch lebt?“ fragte Tom.

„Er ruft mich jeden Monat mal an. Vorigen Monat lebte er noch. So! Hier ist euer Geld.“

*

Vorsicht, dachte Nolde, ist die Mutter der Porzellankiste. Je eher ich weg bin, um so besser. Also raus aus der Stadt und südwärts ins grüne Bad Gahstfrey.

In Windeseile hatte er dem WEEKEND Adieu gesagt.

Jetzt rollte er über die B soundso in Richtung Brunnstetten.

Es war die direkte Zufahrt in den Süden, der kürzeste Weg nach Bad Gahstfrey und Österreich.

Dennoch floß der Verkehr nur kleckerweise. Vielleicht lag es daran, daß die Urlaubszeit vorbei – und fürs Wochenende mieses Wetter angesagt war.

In Bad Gahstfrey wollte er besagte Stepanka Nicoletta Dölme treffen. Etliche wunderschön gefälschte Schmuckstücke hatte er für sie im Gepäck.

Sein goldfarbener Fuego schaukelte über die leicht gewellte Fahrbahn; und der frühe Herbst begann bereits, das Laub der Bäume zu färben. Sie säumten die Fahrbahn. Dahinter breiteten sich Felder aus. Die Landschaft war hügelig.

Ein Stück voraus mündete eine sandige Seitenstraße auf die B soundso.

Ein Laster bog ein und rumpelte in die gleiche Richtung wie Nolde. Es war ein Dreiseitenkipper. Auf der offenen Ladefläche türmte sich Bauschutt.

Stöße der welligen Fahrbahn erschütterten die Ladung. Ab und zu rieselte Bauschutt herab.

„Nicht zu fassen!“ schimpfte Nolde im Selbstgespräch. „Dieser Penner verdreckt alles. Gleich fliegen die Brocken auf mich. Sicherlich ’n Türke, der da fährt.“

Er konnte Ausländer nicht leiden, was typisch für ihn war. Den Begriff Menschen beschränkte er auf die Einwohner Mitteleuropas. Hier mußten sie seit mindestens 1000 Jahren ansässig sein. Alle andern waren Kanaken für ihn.

Er beschleunigte etwas – bis dicht, aber nicht zu dicht, hinter den Laster. Überholen wollte er ihn.

Aber im Moment ging’s nicht. Ein Kamikaze-Pilot mit rotem Helm und etwa 190 std/km flog auf der Gegenfahrbahn heran.

Nolde ließ ihn durch.

Als er zum Überholen ansetzte, kniff er die Augen zusammen und nahm den Fuß vom Gas.

Er hielt, vergewisserte sich, daß niemand hinter ihm war, und fuhr etwa 30 Meter zurück – im Rückwärtsgang.

An der richtigen Stelle stieg er aus und ging suchend umher.

Hatte er sich getäuscht? Ihm war, als wäre was Goldenes von dem Laster gefallen.

Eine Blechdose, dachte er, war’s nicht. Auch kein Altmetall oder so’n Mist.

Dann sah er’s. Metallisch und golden blinkte ein kleiner Gegenstand mitten auf der Straße. Samt Bauschutt hatte ihn der Laster verloren.

„Ein Zigarettenetui“, murmelte er. „Donnerwetter!“

Es sah aus wie echt Gold und lag schwer in seiner Hand. Wie kam das Ding in den Bauschutt?

Die Vorderseite war zart ziseliert *(ziselieren = mit Grabstichel Figuren und Ornamente aus Edelmetall herausarbeiten)*.

Er versuchte, das Etui zu öffnen. Das gelang erst, als er sein Taschenmesser zu Hilfe nahm.

Er hatte erwartet, daß es leer sei, allenfalls Zigaretten enthalte.

Statt dessen fand er einen gefalteten Zettel.

Er war mit Tinte beschrieben, die Schrift stark zerlaufen. Aber er konnte den Text entziffern.

Hilfe, las er, *man hat mich entführt. 500 000 DM Lösegeld werden gefordert. Die Verbrecher bewohnen den Blohmeier-Hof und haben mich hier eingekerkert. Verständigen Sie die Polizei, bitte! Sie werden belohnt. Sieglinde von Schnuckbor*

Er kniff die Augen zusammen.

Da stand auch das Datum. Und zwar – kaum leserlich – 11. – oder 14.? – nein, 11. August.

Pfffffffff ... ließ er seinen Atem über die Zähne pfeifen.

Das war ja ein Ding. Menschenraub! Erpressung! Lösegeld! Eine halbe Million! Und diese Vermögens-Umverteilung lag fast zwei Monate zurück.

BIOLOGISCHER ANBAU
UNGESPRITZT!

Er lehnte sich an seinen Wagen und begann nachzudenken.

Sieglinde von Schnuckbor! Wenn das kein Name ist! Was hatte von dem Fall in der Zeitung gestanden? Er konnte sich nicht entsinnen.

Aber den Namen, dachte er, hätte ich im Gedächtnis behalten. Also war wohl nichts in der Presse. Soll vorkommen, daß dem Adel so was peinlich ist. Dann wird's still und heimlich erledigt. Garantiert ist das inzwischen geschehen. Die Kidnapper haben sich 'ne halbe Million einverleibt; und Sieglinde ist wieder daheim – oder im Jenseits, nämlich mausetot, weil sie zuviel gesehen hat: unter anderm, wo sich ihr Kerker befindet. Das kann den Entführern nicht entgangen sein. Nein! Und dann geht nichts mehr mit Freilassung. Also ist sie tot. Na, und die Todesanzeigen lese ich nie. Oder gilt sie als vermißt, und die Angehörigen hoffen noch? Deshalb das Schweigen im Blätterwald? So oder so – 500000 harte Eier sind ein Grund, mal beim Blohmeier-Hof vorbeizuschauen. War da nicht eben ein Hinweisschild?

Er stieg in seinen Fuego, wendete und fuhr zurück.

Dabei kam er zum zweiten Mal an dem Obststand vorbei.

Vorhin hatte er ihn nicht beachtet.

Auch jetzt wischte er nur mit einem Seitenblick über die naturbelassenen Äpfel – und die junge Frau.

Der Obststand war bescheiden, umfaßte drei flache Kisten. Sie enthielten die Äpfel.

Biologischer Anbau, verkündete ein Schild. Ungespritzt!

Die Frau hockte auf einem Schemel, trug Jeans und eine selbstgestrickte Jacke aus Schafwolle. Sie hieß Edeltraut, hatte viele Sommersprossen und eine rotblonde Kurzhaarfrisur.

Aus der Ferne hatte sie Noldes Manöver beobachtet.

Sie hoffte, er käme wegen ihrer Äpfel zurück. Aber der Fuego rauschte vorbei.

Weil gleich darauf eine Rotte gemäßigter Kradfahrer aus derselben Richtung kam, lenkte sie ihre Aufmerksamkeit dorthin und blickte dem Fuego nicht nach.

Doch dann kippelte ihr Rad, das neben den Kisten parkte. Es kippelte trotz des Anhängers, mit dem sie ihr Angebot herschaffte.

Sie griff nach der verrosteten Tretmühle. Dabei gewahrte sie verwundert, daß der Fuego auf die sandige Seitenstraße abbog. Die führte zum Blohmeier-Hof – und endete dort.

Dann hielten die Kradfahrer, und Edeltraut machte ein bombiges Geschäft, konnte nämlich neun Äpfel verkaufen.

Den zehnten schenkte sie einem jungen Burschen, der kein Geld bei sich – und keinen Kredit bei seinen Kumpels hatte.

Inzwischen folgte Nolde der Seitenstraße.

Das Hinweisschild BLOHMEIER-HOF an der Einmündung wies ihm den Weg.

Die Straße schlängelte sich. Aber nicht weit.

Der Hof lag in einer Mulde.

Hinter nahen Hügeln blitzte ein Fluß in der Sonne.

Neben dem großen Haupthaus hatte man ein Nebengebäude abgerissen.

Daher der Bauschutt, dachte er. Klar. Das eben war die letzte Fuhre. Jetzt ist alles ratzekahl aufgeräumt.

Ringsum hatte man Beete angelegt. Dahinter standen zahlreiche Apfelbäume.

Eine junge Frau arbeitete bei den Beeten, jätete Unkraut, richtete sich jetzt auf und preßte eine Hand ans Kreuz.

Nolde fuhr bis ans Haus, hielt und nahm seine Pistole aus dem Handschuhfach.

Dann stieg er aus.

5. Obst am Straßenrand

Der Fahrtwind pfiff. Locke saß hinter Tom und klammerte sich an ihm fest.

Ihren Florentiner-Hut hatte sie zusätzlich mit einem Tuch festgebunden.

Hinter sich spürte sie die Packtasche, die Tom auf der Gepäckstütze angebracht hatte. Die Tasche enthielt die Kulturbeutel und Klamotten zum Wechseln. Reisepässe und Geld trug Tom in der Innentasche seiner Windjacke.

„5000 Mark!“ rief Locke. „Wir werden sie nie wiedersehen und sind blamiert für alle Zeiten.“

„Vielleicht haben wir Glück.“

„Du meinst, wir finden ihn?“

„Wenn er in Gahstfrey ist – ja.“

„Und wenn nicht?“

„Dann sind wir blamiert für alle Zeiten.“

„Und erheblich verarmt.“

„Das auch.“

„Was kaufen wir für Helga?“

„Weiß nicht. Denk du mal nach.“

Locke stützte das Kinn auf seine Schulter und blickte geradeaus.

Sie fuhren über die B soundso. Einen kürzeren Weg zum Ziel gab's nicht. Zwar neigte sich der Nachmittag, aber es war immer noch sonnig.

Ein Pulk von ca. zehn Krad-Piloten kam ihnen entgegen.

Sie fuhren langsam und einhändig. Und alle aßen Äpfel.

„Hach!“ rief sie Tom ins Ohr. „Frisches Obst! Das wäre jetzt spitze.“

Er minderte das Tempo, das ohnehin nicht allzu wild war.

„Da vorn ist eine Alternative *(Vertreter einer anderen Lebensweise)*, Locke-Liebling. Die weiß, was du brauchst.“

Sie hielten an Edeltrauts Obststand.

Ein freundliches Lächeln empfing sie.

„Einen schönen guten Tag, Obsthändlerin", rief Locke, grätschte ab von der Doppelsitzbank und glättete ihren wadenlangen Jeans-Rock. Denn lange Hosen trägt sie bekanntlich nur in Notfällen.

„Tag, ihr beiden!" meinte Edeltraut. „Frische Vitamine gefällig?"

„Mindestens zwei Fruchtbollen ziehe ich mir rein", verkündete Locke. „Ich lebe sowieso vegetarisch. Aus Tierliebe. Was sind denn das? Boskop?"

„Boskop", bestätigte Edeltraut. Neugierig musterte sie das muntere Pärchen.

„Und kosten?" fragte Tim, der das Geld verwaltete.

„50 Pfennig, einer."

„Das können wir uns gerade noch leisten", meinte er. „Man hat uns nämlich heute 5000 Mark geklaut. Ja, im Ernst. Locke, such dir zwei aus. Ich nehme den grünen, der mich so anlächelt."

Er bezahlte drei Äpfel.

Während sie schnorpsten, vertraten sie sich die Beine.

„Und wie geht das Geschäft?" fragte Tom.

„Na ja", lachte Edeltraut, „säße ich hier, um reich zu werden, müßte ich mich bedauern. Aber wir haben Privatkunden, die uns abkaufen, was wir biologisch anbauen: Gemüse und Obst. Wir – das sind Gerlinde, Dieter, Bernd und ich. Mein Name ist Edeltraut. Wir bewirtschaften den Blohmeier-Hof. Jedenfalls das, was davon übrig ist."

„Seid ihr autark *(totale Selbstversorgung)*?" fragte Locke.

„Fast." Edeltraut lachte. „Nur Dieter braucht hin und wieder den Zahnarzt. Alles andere machen wir selbst."

„Stark", nickte Tom. „Und wie lange macht ihr das schon?"

„Auf dem Blohmeier-Hof sind wir erst seit Juli. Vorher hatten wir etwas Land gepachtet bei Brunnstetten. Aber dort entsteht jetzt ein Golfplatz. Früher wußte der Besitzer nicht, was er mit seinen sauren Wiesen anfangen sollte – und wir waren ihm willkommen mit unserem Küchengarten-Programm. Jetzt kriegt er Höchstpreise für seinen Boden. Denn wenn sich der Land- und Golfclub Brunnstetten ausdehnt – von 9 Löchern auf 18 –, dann rauschen die Spenden der Mitglieder wie der warme Regen. Giftfreier Schnittlauch und Mohrrüben, die sogar ein Baby verträgt – das interessiert dann keinen mehr.“

„Und so geht es immer weiter abwärts mit uns“, nickte Tom. „Falls der dritte Weltkrieg nicht stattfindet, schaffen uns schlampig abgesicherte Kernkraftwerke. Und wer den Fallout *(radioaktiver Niederschlag)* überlebt, der wird eines unschönen Tages ersticken. Weil das bißchen Lufthülle, das unseren Globus umgibt, nur noch aus Löchern besteht. Und natürlich aus Giftgasen. Was eben unsere technisierte Zivilisation so absondert. Höchste Zeit, daß wir denen, die den Mist bauen, zeigen, wo es langgeht.“

„Stimmt!“ nickte Edeltraut begeistert. „Du liegst ganz auf unserer Linie, glaube ich.“

„Nicht ganz“, grinste Tom. „Ich esse Fleisch.“

„Aber das gewöhne ich ihm noch ab“, rief Locke.

Im selben Moment fiel ihr was anderes ein.

„Heh, Tom!“ meinte sie. „Ob der Rottig wohl hier über die Piste gerollt ist?“

„Danach hätten wir längst fragen können.“ Er wandte sich an Edeltraut. „Du weißt sicherlich, was ein Handwagen ist, eine Schubkarre und ein Traktor. Aber kennst du dich mit Autotypen aus?“

„Überhaupt nicht.“

„Wir suchen nach einem metallic-goldenen Fuego.“

„Das ist ein Auto?“

„Coupé-Form, zweitürig“, nickte er. „Möglicherweise ist es hier vorbeigekommen?“

Edeltraut überlegte. „Ob das ein Fuego war, weiß ich nicht. Es war jedenfalls messinggelb. Ein Typ saß drin. Groß, hager, Schnurrbart – glaube ich. Dort hinten vor der Kurve ist er ausgestiegen. Er hatte eine karierte Jacke an und ...“

„Das ist er“, rief Locke.

Mein Sparschwein grunzt! dachte Tom.

„Weshalb stieg er aus?“ fragte er hastig.

„Da lag offenbar was auf der Straße. Er hat’s gefunden und ... Himmel! Das wird mir jetzt erst bewußt. Er ist zurückgefahren – und abgebogen zu unserem Hof.“

Tom wies zur Seitenstraße. „Dort?“

„Ja, dort geht’s zum Blohmeier. Bis jetzt ist der Wagen nicht zurückgekommen.“

„Wann hast du ihn gesehen?“ fragte er.

„Kurz bevor ihr kamt.“

„Dann hat er unterwegs gebummelt“, sagte Locke. „Vielleicht Brotzeit gemacht – Jause oder Vesper. Hauptsache, er hat unser Geld noch nicht ausgegeben.“

„Jetzt erwischen wir ihn“, stieß Tom durch die Zähne.

6. Mit Waffengewalt

Die Pistole steckte unter der Jacke im Gürtel.

Nolde ging auf die Frau zu.

Offensichtlich schmerzte ihr das Kreuz vom langen Bücken. Sie rieb sich den unteren Rücken und verdrehte die Hüften.

„Hallo!“ erwiderte sie auf sein Nicken. „Sie suchen alternative Kost? Bei uns sind Sie richtig. Ich heiße Gerlinde. Kopfsalat, Rapunzel, Endivie und Chicorée kann ich Ihnen anbieten.“

Ich will 500000, du dämliches Luder, dachte er. Nicht deinen Blätterfraß.

„Wunderbar!“ nickte er. „Züchten Sie das allein?“

„Das wäre nicht zu schaffen“, lächelte Gerlinde. Sie war blond, hatte helle Haut, die nie bräunte, und überlange Beine. „Wenn Sie Dieter und Bernd kennenlernen möchten? Sie sind im Haus.“

„Sehr gern. Wenn Sie mich hinführen ... Ich hätte was mit Ihnen zu besprechen.“

Immer mehr Kunden, dachte Gerlinde und ging voran. Eines Tages müssen wir unser Angebot einteilen.

Das Haus roch etwas modrig. Die Diele war sauber, der Boden gefliest.

In einem der Räume, rückseitig, hatten die Bio-Anbauer eine Art Tischlerwerkstatt eingerichtet.

Dieter war ein dicklicher Hüne mit schwarzem Bart – Bernd klein und drahtig. Seit einem Sturz vom Maurergerüst konnte er das linke Knie nicht mehr krümmen.

Die beiden sägten gerade an einem dreibeinigen Tisch herum, der immer noch wackelte.

Als Gerlinde mit Nolde hereinkam, blickten sie auf.

Mit einem Tritt schmetterte Nolde die Tür hinter sich zu.

Gleichzeitig zog er seine Waffe hervor.

„So, ihr Spinat-Gärtner“, kläffte er die drei an. „Ihr bewegt euch nur, wenn ich's sage. Sonst schieße ich euch die Kniescheiben ab. Stellt euch dort links an die Wand! Nebeneinander.“

Auf den Gesichtern der Bedrohten breitete sich Schreck aus wie Mehltau.

Sie folgten Noldes Befehl.

„Was ... was soll das?“ stotterte Dieter.

„Du erfährst es sofort. Ihr habt die Wahl. Entweder ihr gebt die 500000 raus, oder ihr könnt euch von euren Kniescheiben verabschieden.“

Bernd blickte seine WG *(Wohngemeinschafts)*-Freunde an. „Wißt ihr, wovon der redet?“

„Freundchen“, sagte Nolde, „mit einem Bein humpelst du schon. Dein Gang wird sehr komisch wirken, wenn auch das andere steif ist.“

Gerlinde zitterte. Ihre Haut war noch heller als sonst.

„Was ... was meinen Sie mit ... 500000? Äpfel? Salatköpfe?“

„Ich meine Kohle, du Spargelstange“, brüllte Nolde sie an. „Geld! Deutsche Mark! Die halbe Million Lösegeld, die ihr für Sieglinde kassiert habt.“

„Ich glaube wirklich“, meinte Dieter, „Sie haben sich in der Adresse geirrt. Wir sind eine alternative Bio-Kost-Obst- und Gemüse-WG. Wir ... Wieso Lösegeld? Für welche Sieglinde?“

„Ich erkläre es nur einmal“, sagte Nolde scharf, „damit ihr checkt, daß ich im Bilde bin. Ich spreche von Sieglinde von Schnuckbor. Vermutlich war sie in dem Nebengebäude eingesperrt. Schön, das ist jetzt abgerissen. Wohl aus gutem Grund. Damit alle Spuren verschwinden, wie? Sehr schlau. Jedenfalls hat die Schnuckbor eine Mitteilung geschrieben, in ihr Zigarettenetui gesteckt und aus dem Fenster geworfen. Das vermute ich. Aber niemand hat's gefunden. Auch ihr nicht. Vielleicht lag's in 'ner Mauerritze. Und so hat's der Laster mit aufgeladen. Aber wieder verloren. Und weil das Glück immer auf meiner Seite ist, fiel es mir vor die Füße – beziehungsweise vor die Reifen. Merkt ihr jetzt, daß ich totalen Durchblick habe. Leugnen ist sinnlos. Mich interessiert auch nicht, wo ihr die Leiche verbuddelt habt. Ich will nur das Geld. Also?“

Natürlich Entführung.

Die drei starrten ihn an wie einen Geistesgestörten.

Nur nicht reizen! war auf allen Gesichtern zu lesen. Der braucht eine Zwangsjacke und dann eine Gummizelle.

„Ich schwöre Ihnen", sagte Dieter. „Von der ganzen Angelegenheit wissen wir nichts. Das Nebengebäude hatte den Schwamm in den Mauern. Deshalb haben wir's abgerissen. Wir kennen keine Sieglinde von Schnuckbor. Und wenn wir 500000 Mark besäßen, hätte ich mir längst eine tolle Heimwerker-Ausrüstung gekauft. Sie irren sich wirklich."

Ohne die drei aus den Augen zu lassen, bewegte sich Nolde seitlich zum Fenster. Es stand offen.

„Ich erwarte nicht, daß ihr so rasch aufgebt", sagte er. „Für 500000 – da lohnt sich der Widerstand, wie? Aber ihr kennt mich noch nicht. Mit wessen Kniescheibe soll ich anfangen? Mit deiner, Süße?"

„Bi... bi... bitte nicht!" wimmerte Gerlinde. „Wir sagen die Wahrheit. Wir haben niemand umgebracht. Wir doch nicht! Und auch für niemanden Lösegeld erhalten. Das klingt ja wie nach Entführung."

„Natürlich Entführung!" brüllte Nolde. „Menschenraub! Kidnapping! Hier habe ich den Beweis."

Er zog das Zigarettenetui aus der Tasche.

Der Zettel befand sich darin. Aber mit einer Hand konnte er's nicht öffnen.

*

Sie ließen Toms Vespa hinter der Anhöhe, liefen das letzte Stück Weges und kauerten sich hinter einen Geräteschuppen.

Vorsichtig spähten sie um die Ecke.

„Sein Wagen steht vor dem Haus", sagte Tom. „Das ist ein Fuego. Metallic-gold. Mit Tiroler Kennzeichen. Na, so was!"

Locke stieß mit der Hutkrempe gegen die Bretterwand. Das Strohgeflecht knisterte. Und sie sah nach, ob auch nichts geknickt sei – an ihrer liebsten Kopfbedeckung.

Zur Zeit besaß sie neun Florentiner-Hüte. Jedes Band war von anderer Farbe.

„Was will er hier?“ überlegte sie laut.

„Das frage ich mich auch.“

„Bio-Äpfel hätte er bei Edeltraut gekriegt.“

„Eben drum. Höchst rätselhaft. Aber nicht mehr lange. Ich pirsche zum Haus. Werde einen Blick in die Fenster werfen. Offenbar gibt's da weder Gardinen noch Vorhänge. Die vier Alternativen haben nichts zu verbergen.“

„Wir pirschen zusammen.“

Tom wiegte den Kopf. „Ich habe Gunter versprochen, daß ich auf dich aufpasse. Also halte ich dich raus aus Gefahren. Rottig könnte zur Gefahr werden, wenn ich ihn jetzt stelle. Vielleicht ist er bewaffnet.“

„Das sind Betrüger nur selten. Deshalb sind sie ja Betrüger geworden und nicht Räuber oder Mörder. Auch Heiratsschwindler lehnen bewaffnete Gewalt ab.“

„Darauf verlassen würde ich mich nicht“, grinste Tom. „Manche Kriminellen sind vielseitig, können sowohl als auch. Also bleib hier!“

„Nein!“

„Zum Streiten ist jetzt keine Zeit.“

„Wer sagt, daß ich streiten will. Ich komme einfach mit. Und zu deiner Beruhigung: Wenn die Pistolenkugeln fliegen, verstecke ich mich hinter dir. Du bist dann mein Kugelfang.“

„Das beruhigt mich“, sagte Tom.

Ein paar Büsche boten Deckung.

Geduckt rannten sie los.

Die letzten Meter bis zum Haus mußten sie über freies Gelände.

Niemand bemerkte sie. Neben einem der Fenster preßten sie sich an die Mauer.

Lauschend schob Tom den Kopf vor.

Auch Locke hörte das Gebrüll.

„Das ist er“, flüsterte sie. „Scheint wütend zu sein.“

Sie verstanden nicht, worum es ging. Nolde brüllte in einem der hinteren Räume.

Tom linste durchs Fenster. Er sah ein Wohnzimmer mit einfachen Möbeln. Niemand hielt sich darin auf.

„Wir umrunden das Haus“, sagte er. „Hinten sehen wir mehr.“

Wenig später schoben sie sich – an der Hauswand entlang – zu einem ebenerdigen, geöffneten Fenster.

„... hier habe ich den Beweis“, brüllte Nolde gerade.

Als Tom dicht am Fensterrahmen einen Blick riskierte, sträubten sich seine Nackenhaare.

Da stand er, der Mistkerl. In der rechten Hand hielt er eine Pistole. Sie war auf drei Leute gerichtet – vermutlich Edeltrauts Bio-Partner. Angstschlotternd hatten sie sich an der Wand aufgereiht.

Die Pistole sah nach echtem Mordinstrument aus, nicht nach Tränengas-Sprüher. Das gebot also Vorsicht. Aber die Aufmerksamkeit des Ganoven richtete sich auf das goldene Zigarettenetui in seiner linken Hand.

Offenbar bemühte er sich, es mit dem Daumennagel zu öffnen, was aber nicht gelang.

Wohl nikotinsüchtig? dachte Tom. Oder was ist los? Überfall? Raubüberfall? Wie dem auch sei – wer hier der Schurke ist, darüber gibt's keinen Zweifel.

Er zog den Kopf zurück, legte warnend den Finger über die Lippen und schob Locke ein Stück vom Fenster weg.

An der Hausecke waren Bohnenstangen aufgeschichtet.

Er wählte die stabilste aus und pirschte wieder zum Fenster.

Nolde, den er als Rottig kannte, drehte ihm fast den Rücken zu. Etwas schräg stand er allerdings. Und da sich der rechte Arm des Ganoven auf Toms Seite befand, wäre es kein Problem gewesen, ihm die Pistole aus der Hand zu schlagen – mit der Stange.

„So!“ sagte der Betrüger in diesem Moment, denn irgendwie war es ihm gelungen, das Etui linkshändig zu öffnen.

Tom tauchte am Fenster auf und holte aus mit der Stange.

Rasend schnell spielte sich alles ab.

Aber leider reagierten die drei Bedrohten ganz falsch.

Statt gelassen zu bleiben, ruckten alle Köpfe zur Seite, und aller Augen glotzten zum Fenster.

Das warnte Nolde.

Er wirbelte herum.

Toms Schlag war unterwegs. Die Stange sauste.

Sie traf auch. Aber nicht den Pistolenarm, sondern Noldes linke Schulter.

Er brüllte auf, taumelte zurück, ließ das Etui fallen und krümmte den Finger.

Der Schuß peitschte auf.

Tom lag schon unter dem Fenster auf dem Boden.

Die Kugel pfiff über ihn hinweg ins Freie. Nach kurzem Flug bohrte sie sich in den Stamm eines Apfelbaums.

Krachend schlug in der Tischler-Werkstatt eine aufgerissene Tür gegen die Wand.

„Ist er noch da?" rief Tom – und kauerte sprungbereit an der Mauer.

„Er ... haut ... ab", stotterte eine Männerstimme Antwort.

Tom hob den Kopf über die Fensterbank.

Der Ganove war verschwunden.

„Siehst du, Locke! Auch Betrüger schießen."

Er flankte hinein.

Die drei standen an der Wand, als wäre das ihr Platz für alle Zeiten.

„Guten Tag, allerseits!" meinte er und rannte an ihnen vorbei.

Sie rührten sich nicht, waren noch immer wie erstarrt.

Versehentlich trat er gegen das Etui. Es flog zur Tür. Als er es aufhob, sah er den Zettel, der unter der inneren Metallspange steckte.

Während er zum Hauseingang lief, klappte er das Etui zu.

Draußen wurde der Fuego gestartet. Der Motor jaulte auf.

Als Tom ins Freie preschte, sah er den Wagen nur noch von hinten. Der Fuego wurde beschleunigt und preschte über die sandige Straße in Richtung B soundso.

Locke kam um die Hausecke. Ihr Gesicht war schneeweiß.

„Der ... hat auf dich geschossen."

„Ich hab's gehört", nickte Tom. „Aber das war nicht blanke Mordgier, sondern wohl mehr ein Reflex. Im Falle meines Ablebens hätte man ihn bestimmt nur des Totschlags beschuldigt. Jedenfalls hat er sich furchtbar erschrocken. Und mich bestimmt erkannt. Obwohl ich am Fenster nur eine 0,9-Sekunden-Vorstellung gegeben habe. Ein goldenes Zigarettenetui hat er verloren. Mit 'nem Zettel drin. Das Ding scheint von Bedeutung zu sein."

Edeltrauts Bio-Partner kamen aus dem Haus.

Sie schlotterten noch.

Bevor man gegenseitig Erklärungen abgab, fragte Tom nach dem Telefon. Denn wenn die Landpolizei spurte, konnte der Betrüger nicht weit kommen.

Aber Gerlinde schüttelte den Kopf.

„Telefon? So was haben wir hier nicht."

7. Starke Entdeckung

Edeltraut war angekommen. Mit ihrem Rad und den Apfelkisten auf dem Anhänger.

Zu sechst saßen sie in der Küche und tranken den Möhrensaft, den das Bio-Quartett selbst herstellte. Locke begeisterte sich dafür. Tom hätte lieber einen starken Espresso gehabt.

Jeder hatte den Zettel gelesen. Keiner konnte damit was anfangen.

„Soviel steht jedenfalls fest", sagte Tom. „Rottig hat das Etui auf der Straße gefunden. Edeltraut konnte das beobachten. Bei ihm kriegte gleich Geldgier die Oberhand, und er ist auch vor Waffengewalt nicht zurückgeschreckt. Jetzt türmt er – wohin auch immer. Aber auf Dauer entkommt er nicht. Für wichtiger als ihn und unsere 5000 Märker halte ich den rätselhaften Entführungsfall. Oder ist es gar keiner? Hat sich jemand einen Spaß erlaubt?"

„Das wäre ein übler Scherz", sagte Locke. „Außerdem scheint das Etui aus echtem Gold zu sein. Ist sogar 18-carätig, wie das Punzzeichen verrät – falls es echt ist. Meinst du, daß sich jemand von so einem Wert trennt – nur, um einen Jokus *(Jux)* zu machen?"

Die Bio-Leute nickten.

„Du sprichst mir aus der Seele", sagte Tom. „Es ist ja nur eine rhetorische Frage. Ich nehme die Sache ernst. Aber niemand hier hat je von einer Sieglinde von Schnuckbor gehört."

„Nie", sagte Gerlinde. „Und wir stammen aus dieser Gegend. Ich bin aus Brunnstetten, Dieter, Edeltraut und Bernd kommen aus Glaishofen. Eidesstattlich können wir außerdem versichern, daß es hier auf dem Blohmeier-Hof seit unserem Einzug im Juli zu keinem Verbrechen gekommen ist. Wir haben niemanden entführt. Niemand wurde eingekerkert. Von Lösegeld kann keine Rede sein, schon gar nicht von einer halben Million. Wir rechnen in Obst-Groschen und Gemüse-Pfennigen. Und außer uns war niemand hier."

Tom und Locke tauschten einen Blick.

Die vier sind in Ordnung, besagte das. An deren Aussage ist nicht zu zweifeln.

„Allenfalls könnte ich mir vorstellen“, sagte Dieter, „daß diese Sieglinde unseren Blohmeier-Hof mit einer anderen Einöd-Siedelei verwechselt hat. Allerdings wüßte ich nicht, mit welcher. So was wie den Blohmeier-Hof gibt's weit und breit nicht noch mal.“

Es war einfach rätselhaft. Besonders wegen der genauen Angaben hinsichtlich des Ortes und der Zeit.

11. August!!! Blohmeier-Hof!!!

„Es bringt nichts“, sagte Tom zu seiner Freundin, „wenn wir hier sülzen, Möhrensaft bechern und uns geistig die Nägel kurzkauen. Wozu haben wir einen so heißen Draht zur Weltpresse! Wir fahren jetzt nach Brunnstetten rein. Dort gibt's sicherlich ein Telefon.“

„Mit dem heißen Draht“, erklärte Locke, „meint er meinen geschätzten Papi. Er ist leitender Redakteur beim Tageblatt und Spezialist für ... für eigentlich alles.“

Sie verabschiedeten sich von den biologischen Öko-Bauern.

„Auf dem Rückweg schauen wir wieder rein“, sagte Locke. „Hebt ein paar Äpfel auf.“

Sie bestiegen die Vespa. Das Quartett winkte.

Über die sandige Straße knatterte das muntere Pärchen zur B soundso – und dann weiter nach Brunnstetten, was absolut am Wege lag, nämlich auf halber Strecke via Bad Gahstfrey.

„Sind nette Zeitgenossen“, rief Locke ihrem Freund ins Ohr.

„Schrei mal in mein anderes Ohr! Das linke ist schon ganz taub.“

„Stell dich nicht so an. Ein Karate-Klopfer wie du hat doch überall Hornhaut – auch auf dem Trommelfell.“

In Brunnstetten – einem Ort, von dem sich nur sagen läßt, daß er aus Häusern und Straßen besteht – fanden sie vor der Post eine Telefonzelle.

Münzgeld war in ausreichender Menge vorhanden.

„Wir könnten ihn gerade noch erwischen", sagte Tom – und meinte Gunter, „oder wir haben Pech, und er ist schon beim Ministerpräsidenten."

„Apparat Rehm", meldete sich Melanie Frühauf, nachdem Locke gewählt hatte.

„Wir sind's", rief Locke. „Ist er noch da?"

„Er steht auf der Schwelle, will gerade weg. Ist es wichtig?"

„Wichtiger als der gequirlte Quark beim Landesvater. Her mit ihm!"

Gunter kam seufzend ans Rohr.

Locke berichtete in Kurzfassung, wobei sie offenließ, ob es sich bei Rottigs Pistole um eine Waffe scharfer Art oder um ein Schreckschuß-Instrument handele. Es war nicht ratsam, Gunter zu sehr zu beunruhigen. Möglicherweise hätte er sie zurückgepfiffen.

„Verdammter Eierkuchen!" fluchte Gunter. „Ihr seid einem ganz gefährlichen Typ auf den Fersen. Kommissar Menke hat in der internationalen Vorstrafenkartei geblättert und den vermeintlichen Dr. Rottig entdeckt. Er heißt in Wirklichkeit Otto Nolde – und benutzt Falschnamen mit entsprechend gefälschten Papieren wie unsereins Unterwäsche. Vorbestraft ist er wegen Betrugs, Schmuckhehlerei und ... es war noch was. Hab's vergessen."

„Uiiih!" meinte Tom. Wange an Wange mit Locke hörte er zu.

„Ja, uiiih!" knurrte Gunter. „Ich kann nur hoffen, das war eure letzte Begegnung mit ihm. Der Mann ist hauptberuflich Ganove und gefährlich. Hat's von der Pike auf gelernt."

„Sollten wir ihn wieder mal treffen", lachte Locke, „holen wir gleich einen Schutzmann. Aber, Papi, nun mal zu Sieglinde von Schnuckbor. Was weißt du über sie und ihre Entführung?"

„Absolut nichts."

„Nichts?"

„Der deutschen Presse – dafür verbürge ich mich – ist nichts bekannt."

Also ein Windei?

„Also ein Windei? Schade! Doch du weißt sicherlich alles über das Adelsgeschlecht derer von Schnuckbor."

Gunter schien zu überlegen, machte tstststs ..., rührte kräftig in seinen grauen Zellen, zeitigte aber kein überwältigendes Ergebnis.

„Mir ist so, als hätte ich den Namen – den Familiennamen – irgendwann, in grauer Vorzeit, schon mal vernommen. Kann mich aber täuschen. Vielleicht verwechsele ich das mit den Schnacklbars oder den Baronen Schnicknickls. Wenn ich mich mal schrecklich langweile, werde ich in unserem Archiv forschen. Aber jetzt muß ich zum Landes-Papa. Seid vorsichtig! Tschüs!"

Locke hängte ein.

Sie verließen die Telefonzelle.

Tom zog das goldene Zigarettenetui aus der Brusttasche.

„Es sieht alt-ehrwürdig aus. Ein bißchen antik." Er schnupperte daran. „Für die heutigen Lungenkrebs-Anwärter wird so was gar nicht mehr hergestellt." Er roch abermals daran.

„Willst du feststellen, welche Tabaksorte drin war?"

„Dazu fehlt mir – Gott sei Dank! – die Fachkenntnis. Nein! Die feinfühligen Schnüffelnerven in meinem Riechkolben stellen einen gewissen Moderduft fest."

Auch Locke beschnupperte das Gold.

„Stimmt."

„Es lag – vermutlich – knapp zwei Monate in einem Mauerspalt des schwammbefallenen Nebengebäudes. Reicht das, um solchen Mief anzunehmen?"

„Eigentlich nicht. Du meinst, es hat dort schon längere Zeit gelegen?"

„Beim Datum fehlt die Jahreszahl. Auch die vergangenen Jahre – meines Wissens alle – hatten einen 11. August."

„Das müßten wir nachprüfen", lachte Locke.

Sie nahm ihm das Etui aus der Hand, klappte es auf und untersuchte den Zettel.

„Im Papier hockt schon der Gilb. Sieh mal genau hin. Und

wer schreibt heutzutage noch mit Tinte? Doch höchstens Standesbeamte, wenn im Rathaus der Computer spinnt."

„Locke-Schatz! Vielleicht fand diese Entführung vor geraumer Zeit statt. Vielleicht sind wir einem historischen Kidnapping auf der Spur. Vielleicht . . . halt mal!"

Mit gerunzelter Stirn starrte er auf den Zettel. Seine Augen – das grüne wie das blaue – stellten sich auf mikroskopische Schärfe ein.

„Wenn nur die Schrift nicht so zerlaufen wäre! Man kann es wirklich kaum erkennen."

„Was?"

„Den einen Buchstaben. Heißt es: 500000 DM oder 500000 RM?"

„Oh!" flötete sie. „Eine tiefbohrende Idee. Da war doch mal was? Aber soweit sind wir in Geschichte noch nicht. Immerhin bin ich eine Klasse unter dir."

Er grinste. „Du meinst das richtige, nämlich die Währungsreform: die Neuordnung des Geldwesens im Nachkriegsdeutschland. Das war am 20. Juni 1948. Damals wurde die RM – die Reichsmark – abgeschafft. Die DM – die Deutsche Mark – wurde eingeführt. Aber nicht in Massen, sondern in ganz bescheidenen Beträgen. Jeder erhielt eine Pro-Kopf-Erstausstattung von 60 DM. Wer große Mengen Reichsmark gebunkert hatte, fühlte sich angesch. . .miert. Er kriegte nämlich für zehn RM nur eine DM. Später änderte sich dieser Taschengeldhorizont, denn dann kam das Wirtschaftswunder – auf dem wir uns heute noch ausruhen. Mach mal die Pupille scharf. Was siehst du?"

Er hielt ihr den Zettel hin.

Lockes dunkle Glutaugen schielten fast.

„Ich könnte meinen Hut zerfleischen, Tom. Es heißt RM. R wie Rübsam, Rattenschwanz, Rottig."

Tom nickte. „Ich finde auch. Das bedeutet, das Kidnapping liegt vor 1948. Eine halbe Million Reichsmark wurde von den Kidnappern gefordert. Puuuuuuuhhhhh! Ist das eine Entdekkung! Kein Wunder, daß alle nur Bahnhof in der grauen Masse haben. Und Nolde wollte von den Bio-Bauern das Lösegeld. Ich könnt' mich beömmeln."

Sie lachten schallend.

„Jedenfalls brauchen wir jetzt nicht zu den Ordnungshütern", meinte Tom. „Ist nicht nötig, den adeligen Menschenraub zur Anzeige zu bringen."

Locke wurde ernst und blickte versonnen auf den Zettel.

„Was aus ihr wohl geworden ist – Sieglinde von Schnuckbor? Hat sie den Krieg überlebt? Wann wurde sie entführt? In den dreißiger Jahren? Oder nach dem Zusammenbruch?"

Tom hob die Achseln. „Wie ich feststelle, ist Gold wirklich ein edles Metall. Das Etui steckte irgendwo in den Mauern des Nebengebäudes – unbemerkt, nie gefunden. Aber keine Spur Grünspan."

„Der befällt nur Kupfer und Messing."

„Aha!"

„Weißt du, was mich freut, Tom?"

„Nämlich?"

„Wenn der Entführungsfall dicht vor 1948 lag, haben die Kidnapper von einer halben Million nicht viel gehabt. Weil sie – wie du sagst – dafür im Umtausch nur 50000 erhielten."

„Selbst das ist zuviel. Das Etui behalten wir. Vielleicht ist es für Gunter eine nette, kleine Story. Wir können uns nun wieder auf Nolde konzentrieren."

„Ist der weitergefahren oder zurück?"

„Zurück bestimmt nicht. Daß da die Bullen auf ihn lauern, kann er sich ausrechnen. Mein Auftauchen hat ihn sicherlich verunsichert. Deshalb seine überstürzte Flucht. Aber er kann nicht wissen, daß wir nach Bad Gahstfrey wollen. Also wird er seinen Weg fortsetzen. Und zwar dorthin. Da bin ich sicher."

„Er muß damit rechnen, daß er in eine Straßensperre gerät."

Tom sah zur Uhr. „Hinter Brunnstetten ist die Grenze. Das hat er locker geschafft. Ich wette, er ist schon in Österreich. Sogar mit seinem Fuego. Warum sollte er den zurücklassen?"

8. Dr. Rübsam

Bad Gahstfrey hatte schon dreimal den ersten Landespreis für die schönsten Blumenkästen an den Balkonen gewonnen.

Es ist wirklich ein schmucker, weitläufiger Ort – ein Heilbad und Ferienort, Ziel von Alpinisten und Ski-Fahrern. Bergriesen türmen sich ringsum auf. Tiefeingeschnittene Täler verhindern, daß sich die Riesen mit ihren felsigen Flanken berühren. Es gibt Schluchten, Naturschutzparks, Wasserschutzgebiete, Höhlen, eine düstere Klamm, Hochmoore, unzugängliche Gebiete – wo heute noch die Berggeister hausen –, eine trutzige Burg, die etwas außerhalb auf einem Felskegel thront, und einen schloßartigen Herrensitz.

Die Sonne war nicht mehr zu sehen. Aber ihre Strahlen vergoldeten den Himmel.

Hier im Tal begann der Abend. Herbstliche Kühle quoll aus den Schluchten. Winde, die bergab strichen, brachten den Geruch der Gletscher mit.

Seit einer Viertelstunde irrte das muntere Pärchen mit der Vespa umher.

Sie fanden den Ramsbirslthaler Weg nicht, wo Dr. Rübsam in einem prächtigen Landhaus wohnte – falls es ihn noch gab.

Den Oldie ohne Vorwarnung zu überfallen – was das betraf, hatten die beiden keinerlei Hemmung. Zum einen wäre es für jede Anmeldung ohnehin zu spät gewesen. Zum andern sind 91jährige dankbar für Abwechslung, sagten sie sich.

Nur die Adresse schien es nicht zu geben.

Sie hatten drei Passanten gefragt, zweimal unwissende Touristen erwischt und mit dem dritten einen Schwerhörigen.

„Hast du aufs Ortsschild geguckt?“ fragte Locke in Toms rechtes Ohr. „Sind wir wirklich in Bad Gahstfrey?“

„Hundertprozentig. Wir ... da! Das Straßenschild. Ramsbirslthaler Weg. Na, also!“

Sie folgten einer geradezu vornehmen Straße. Mit Landhäusern zu beiden Seiten – in prächtigen Gärten.

Die Straße endete an einer wolkigen Wiese, und das letzte Haus links war Nr. 42.

„Wundervoll!“ meinte Tom und schaltete seinen Motor aus. „Ein alt-österreichisches Landhaus. Sicherlich so alt wie der Besitzer. Und riesig, wie? Das hat mindestens zwölf Zimmer. Wenn sich das ein Touristik-Geier unter den Nagel reißt, macht er daraus ein Hotel.“

Hinter hohen Fenstern im Erdgeschoß brannte Licht. Aber geschlossene Vorhänge ließen den Blick nicht durch.

Tom parkte seinen Motorroller.

Locke prüfte indessen das Namensschild an der Haustür. Es war aus Messing und kunstvoll geformt. Dr. Gregor Rübsam – war zu lesen in schwungvollen Buchstaben, die von Locke als Typen aus der englischen Schreibschrift erkannt wurden.

Auf ihr Läuten öffnete eine kleine, rundliche Frau.

„Guten Abend!“ grüßte Locke. „Ich bin Nina Rehm und soll Dr. Rübsam Grüße von meinem Vater übermitteln – von Gunter Rehm. Das hier ist Tom Conradi. Wir ...“

Weiter kam sie nicht.

„Was? Die Tochter vom Rehm“, dröhnte eine orkanartige Stimme aus der Tiefe des Hauses. „Herein mit ihr! Na, das freut mich ja ungeheuer.“

Rübsam kann's nicht sein, dachten Tom und Locke gleichzeitig. Denn der hochgewachsene Mann, der ihnen durch die Eingangshalle entgegenkam, sah allenfalls wie ein guterhaltener Siebziger aus: kernig, im Trachtenanzug Modell ‚Landedelmann‘, mit wettergegerbtem Gesicht und schlohweißem Haar. Helle Augen funkelten.

Ohne zu fragen, schloß er Locke in die Arme.

„Du bist es!“ rief er. „Ich kenne dich von Fotos. Meinem Freund Gunter ähnelst du zwar nicht allzu sehr. Aber das ist kein Fehler. Er besticht mehr durch Verstand als durch Schönheit. Hahah!“

Gunter hat uns auf den Arm genommen, dachte Tom. Rübsam ist nie und nimmer 91.

Aber dann sah er dessen Hände, die Locke jetzt losließen. Sie waren alt, nämlich knochig, fast ausgedörrt – mit verlederter Haut und braunen Altersflecken.

Hände und Geburtsurkunde, wußte Tom, die lügen nicht.

Auch er wurde herzlich begrüßt. Rübsam stellte Frau Schöbel vor, seine Haushälterin. Sie schien sich ebenfalls zu freuen über den Besuch und erhielt gleich den Auftrag, Tiroler Speckbrot ranzuschaffen, Trauben, Kastanien und Nüsse.

„Das ißt man hier zum Törggelen", sagte Rübsam, „das heißt, wenn der neue Wein getrunken wird. Mögt ihr Wein?"

„Alkohol grundsätzlich nie", sagte Locke. „Stören wir auch nicht? Wir kommen unangemeldet. Wenn es Ihnen nicht paßt, stehen wir morgen wieder auf der Matte – Sie bestimmen die Zeit, Dr. Rübsam. Und ..."

„Nichts da!" unterbrach er sie. „Wir essen zusammen. Bleibt ihr in Gahstfrey? Oder seid ihr auf der Durchreise? Ihr bleibt – aha! Und habt noch keine Zimmer, wie? Schöbel", brüllte er in Richtung Küche, „in wievielen Gästezimmern sind die Betten bezogen? In allen, hoffe ich doch! Ihr könnt's euch also aussuchen, Nina und – du heißt Thomas?"

„Eigentlich heiße ich Engelbert. Aber Tom ist mir lieber."

„Gunter hat von dir erzählt", sagte Rübsam und setzte Tom die Spitze seines Zeigefingers auf die Brust. „Keine Verstellung! Ich kenne dich. Gunter wird dein Stiefvater. Jaaaaahhh, das weiß ich alles. Auf dem Foto, das er mir gezeigt hat, ist deine Mutter eine Schönheit. Schmeichelt das Foto?"

„Ich glaube nicht", grinste Tom. „Mütterchen kann sich sehen lassen."

„Ein Jammer, daß ich nicht mehr achtzig bin", seufzte Rübsam. „Da war ich noch ein flotter Hirsch. Jetzt habe ich den ganzen Tag die Schöbel um mich, und das hält man nicht aus. Ich hoffe, ihr seid hungrig?"

„Ich sehr", lachte Tom. „Locke hat ja die Null-plus-etwas-Diät erfunden. Als Dauerernährung. Das ist eine gemilderte Null-Diät."

Herein mit ihm!

„Schrecklicher Gedanke!“ murmelte Rübsam und schritt voran – in einen wundervollen Raum, wo die Wände mit hellem Zirbelholz verkleidet waren, die Gemälde alter Meister hingen und an der Stirnseite ein Kaminfeuer knisterte.

Frau Schöbel war bereits dabei, an einem rustikalen Holztisch Gedecke aufzulegen.

„Wir essen gern mit Ihnen“, sagte Locke, „aber daß wir hier übernachten, geht wirklich nicht. Das wäre ja geradezu unbescheiden.“

„Unsinn!“ Rübsam schlug mit flacher Hand auf den Tisch, denn er saß dort bereits. „Wir beiden alten Klepper“, damit meinte er wohl die Schöbel und sich, „vereinsamen. Über Gäste freuen wir uns immer. Besonders über junge wie euch. Aber vor allem, Locke, mußt du eins wissen: Was ich deinem Vater verdanke, ist soviel – ich stehe ewig in seiner Schuld. Aber darüber reden wir jetzt nicht. Macht ihr eine Alpentour? Mit Rädern? Mit dem Wagen?“

„Mit dem Motorroller“, sagte Tom. „Er steht draußen.“

Rübsam wollte wissen, wie es Gunter gehe. Die beiden erzählten. Frau Schöbel brachte eine köstliche Brotzeit. Mit heißen Kastanien, die wie süße Kartoffeln schmeckten.

Mindestens eine halbe Stunde verging, ehe Tom auf das Thema lenken konnte, das ihm wie Jod auf der Seele brannte.

„Daß wir hier sind“, sagte er, „hat einen kriminellen Anlaß. Uns wurden nämlich 5000 Mark abgegaunert. Von einem ...“

Er berichtete ausführlich.

Rübsam unterbrach ihn nicht, schlug aber viermal mit der Hand auf den Tisch, daß die Teller hüpften.

Frau Schöbel, die sich zu ihnen gesetzt hatte, wenig aß und noch weniger redete – machte große Augen.

„Unfaßlich!“ röhrte Rübsam, nachdem Tom geendet hatte. „Das muß ich meinem alten Freund Dölme erzählen. Er ist leider fast blind. Aber wenn es um Schmuck geht, hört er das Gras wachsen. Wie heißt der Gauner? Nolde?“

„Otto Nolde“, bestätigte Tom.

„Kenne ich nicht." Er sah seine Haushälterin an.

Sie schüttelte den Kopf.

„Uns hat er den Falschnamen Dr. Eberhard Rottig schmackhaft gemacht", sagte Tom. „Das klingt nach was. Und die Visitenkarte mit Züricher Adresse sieht nach was aus."

„Rottig? Rottig?" Rübsam forschte in seinem Gedächtnis. Aber da war kein Rottig gespeichert.

Auch Frau Schöbel konnte nicht helfen.

„Morgen", sagte Rübsam, „werde ich alle hiesigen Bekannten ansprechen. Vielleicht kennen die einen Menschen, auf den eure Beschreibung paßt. Oder sogar einer der Namen."

„Ob er wirklich hierher kommt", meinte Locke mit einem Anflug von Mutlosigkeit, „ist ja ganz ungewiß. Wir haben als einzigen Hinweis, daß er im Weekend-Hotel nach der hiesigen Vorwahlnummer gefragt hat."

„Und daß er mit seinem Fuego geradewegs hierher unterwegs war", wandte Tom ein. „Das zusammen ist viel."

„Würde ich auch sagen", nickte Rübsam.

„Auf dem Herweg", erzählte Locke, „sind wir dann auf eine irre Geschichte gestoßen. Offenbar handelt es sich um eine erpresserische Entführung, um ein Kidnapping. Aber es liegt lange zurück. Muß sich noch zu Reichsmarks-Zeiten ereignet haben."

„Ähem?" machte Rübsam.

„Ich glaube fast", schaltete sich Tom ein, „daß es trotzdem ein Ulk ist. Weil niemand den komischen Namen kennt. Die Dame, die angeblich entführt wurde, hat nämlich den Zettel, der in einem goldenen Zigarettenetui steckte und wie ein Hilferuf verfaßt ist – hat ihn mit einem überaus putzigen Namen unterschrieben. Mit Sieglinde von Schnuckbor."

Klirrend fiel Frau Schöbels Gabel auf den Teller.

Rübsam setzte sich kerzengerade auf und nahm die Schultern zurück – als erwarte er den Hoffotografen.

„Wie bitte?" fragte er. „Was höre ich? Sagtest du: Sieglinde von Schnuckbor? Guter Gott! Das darf nicht wahr sein."

... Sagtest du Sieglinde zum Schnückler?

9. Mordauftrag

Das Gasthaus ZUR POST lag etwa acht Gehminuten von Dr. Rübsams Adresse entfernt – ortseinwärts, wo die Busse halten und eine autofreie Zone die Kurgäste erfreut.

In einem Nebenzimmer des Gasthauses brannte trübe Beleuchtung. Aber Fratti, wie er hier überall genannt wurde, mochte das. Fratti war sein Spitzname. Eine Abkürzung beider Vornamen. Sie lauteten Fredericus Attila. Mit Nachnamen hieß er: von Pfählingen. Insgesamt also: Fredericus Attila von Pfählingen.

Er war 23 Jahre alt und hatte soeben eine große Kalbshaxe verschlungen.

Jörg Matzl, der ihm am Tisch gegenübersaß, sah dabei zu. Matzl aß nicht, trank aber bereits den fünften Schoppen Wein. Er war ein bulliger Kerl mit Stoppelhaar und schiefen Zähnen, 44 Jahre alt – nach eigenen Angaben –, tatsächlich aber 51.

Fratti schob den Teller zurück und rülpste.

Das hielt er für volkstümlich; und es stand einem Sproß aus altem Adel gut zu Gesicht, wie er meinte.

Fratti war groß, dürr und ging etwas gebückt. Durch überlange Arme und sperrige Hände erinnerte er an ein Spinnenmännchen. Sein länglicher Kopf war nicht viel breiter als der Hals – ein unveränderliches Merkmal derer von Pfählingen. Seit etwa acht Generationen hatten sie tückische Spitzgesichter mit langem Kinn und engstehenden Augen. Dazu eine Neigung zu vorzeitiger Kurzsichtigkeit. Aber Fratti trug seine Lesebrille nur, wenn er allein war.

„Eigentlich sollte man uns nicht zusammen sehen“, sagte er.

Matzl machte eine Bewegung mit den Schultern, als schüttele er Regen ab.

„Naja!“ meinte Fratti und bemühte sich um einen zweiten Rülpser. Aber sein Magen gab keinen her.

Matzl schlürfte Wein.

Fratti zündete sich eine kleine Zigarre an.

„Ich arbeite nach dem Vorbild amerikanischer Killer (*berufsmäßiger Mörder*)", sagte Matzl durch den Mundwinkel. „Sorgfältige Vorbereitung, zuschlagen und immer unauffällig bleiben."

Fratti nickte. „Sehr gut."

„Aber ich glaube, ich bin besser als die amerikanischen Killer", sagte Matzl. Nach fünf Schoppen Wein glaubte er das immer.

„Es muß aussehen wie ein Unfall", erklärte Fratti mit gedämpfter Stimme. „Mord wäre zu auffällig."

„Mord ist immer zu auffällig."

Fratti dachte eine Weile darüber nach und nickte dann.

„Also", sagte er. „Über deine Bezahlung, Matzl, sind wir uns einig. Jetzt sage ich dir, wen du auslöschen sollst. Nämlich Edmund Böld. Er ist Dragos Schwager und verwitwet. Also auch mit mir verwandt, denn ich bin ja – hähäh – Dragos Sohn, wie dir und aller Welt bekannt sein dürfte. Böld hatte mich früher ins Herz geschlossen – sozusagen einen Narren an mir gefressen. Er ist reich. Mich hat er als Erben eingesetzt, der alte Trottel. Aber jetzt ist ihm zu Ohren gekommen, daß ich zocke (*Glücksspiel*). Das mißfällt ihm so sehr, daß er mich enterben will."

Matzl hatte verstanden. „Und deshalb soll er ins Gras beißen?"

„Je eher desto besser. Sonst ändert er das Testament, und ich stehe dumm da."

„Mit dem Zocken aufzuhören – das geht wohl nicht?"

„Das geht nicht. Erstens lasse ich mir nichts vorschreiben. Zweitens macht mir nichts so sehr Spaß wie das."

„Du bist dem Spielteufel verfallen, Fratti."

„Na und?"

„Mein Geld kriege ich aber, sobald der Alte weg ist. Sonst verspielst du den letzten Schilling, und ich kann wieder irgendwo als Hilfsarbeiter gehen. Das wäre nicht nach amerikanischem Vorbild."

Fratti beruhigte ihn. „Ich bin ja nicht blank. Ich habe noch etwas Geld von meiner verstorbenen Mutter. Was sie mir hinterlassen hat. Aber es reicht nicht mehr lange."

„Und dein Alter gibt dir nichts?"

„Keinen Groschen, der geizige Hund. Er meint, ich soll mich erstmal bewähren. Nicht mal Taschengeld kann ich beanspruchen. Weil ich freies Wohnen habe auf der Burg – und nicht arbeite. Ja, Matzl. So ist Graf Drago als Vater. Und ich muß gute Miene machen zum bösen Spiel. Immerhin bin ich der Letzte derer von Pfählingen. Wenn er mal das Zeitliche segnet, erbe ich alles: Burg, Vermögen, Ländereien, Weinberge – alles."

„Wäre es nicht besser, ich bringe ihn um?"

„Das will ich nicht gehört haben, Matzl. Auf unsere Weise verstehen wir uns nämlich. Ich liebe meinen Vater."

„Völlig klar."

Fratti griff nach Matzls Glas, ohne zu fragen, und probierte einen Schluck.

„Gut", stellte er fest, „aber nicht so gut wie Dragos Wein. Vater hat jetzt 60000 Flaschen gelagert. Zum richtigen Zeitpunkt wird er sie auf den Markt bringen: die Henkersteiner Trockenbeere, den Henkersteiner Döskopp und die Henkersteiner Weißmaus. Alles original Schloßabfüllung."

„Großartig", nickte Matzl. „Wo finde ich Böld?"

„Ja, richtig. Er lebt sehr zurückgezogen auf Schloß Wolpertingingen. Das liegt auf der anderen Seite des Tals – unserer Burg Henkersstein gegenüber. Luftlinie sind es 4,4 Kilometer. Böld hat sich dort im sogenannten Turm vergraben – und einsiedelt."

„Was?"

„Er hält wenig Kontakt zur Umwelt."

„Aha."

„Es muß wie ein Unfall aussehen, Matzl."

„Verlaß dich auf mich. Du, ich brauche einen Vorschuß. Ich habe mir hier ein Zimmer genommen. Bei 'ner Privatvermiete-

Meinetwegen

rin. Das muß sein. Ich kann nicht arbeiten, wenn ich dauernd zwischen Innsbruck und hier hin und her pendele. Das wäre nicht nach amerikanischem Vorbild."

„Meinetwegen!"

Zögernd griff Fratti nach seiner dünnen Brieftasche.

10. Unglaubliche Geschichte

Dr. Rübsam schnappte nach Luft.

Frau Schöbel schien zur Salzsäule erstarrt zu sein.

Was ist nun? dachte Tom. Haben wir eine Bombe gezündet?

Bestürzt sah Locke die beiden Alten an. Ohne Zweifel war ihnen der Name Schnuckbar bekannt.

„Man vergißt ja ganz“, japste Rübsam und stimmte ein lautes Gelächter an, „daß sie ... ja, daß sie tatsächlich so hieß. Aber – das müßt ihr wissen –: Sieglinde wollte nichts mehr wissen von dem Namen. Offiziell heißt sie zwar immer noch so. Und eines Tages wird dieser ihr Name auf ihrem Grabstein stehen. Aber seit damals nennt sie sich nur Sieglinde Schnuck. Als Frau Schnuck ist sie hier im Ort bekannt. Nur als Frau Schnuck.“

„Sie lebt?“ rief Locke.

„Hier und jetzt?“ rief Tom. „Kolossal! Und Sie kennen die Dame?“

„Kennen?“ lachte Rübsam. „Sie ist eine enge Freundin von uns. Aber jetzt, zum Henker, will ich hören, was ihr von der Entführung wißt. Wie seid ihr darauf gestoßen?“

Sie erzählten.

Frau Schöbel bekam mehrere Anfälle von Atemnot und wischte sich Tränen aus den Augen.

Auch Rübsam zeigte Anzeichen von Ergriffenheit. Immer wieder schüttelte er fassungslos den Kopf.

„Mir läuft es kalt über den Rücken“, sagte er schließlich. „Erstaunlich sind doch die Wege des Schicksals.“

„Also“, stellte Tom fest, „wurde Sieglinde von Schnuckbor, genannt Frau Schnuck, damals wirklich entführt. Aber sie hat es heil überstanden, Gott sei Dank! Wann war das Entsetzliche?“

„Im Sommer 1946“, antwortete Rübsam. „Ahem, ja. Mein Gott! Ist das eine Geschichte! Gleich erzähle ich. Zeig mir erstmal das Etui.“

Tom nahm es aus der Brusttasche, und Rübsam streckte die Hand aus, ehrfurchtsvoll, als erhalte er eine Reliquie (*Gegenstand religiöser Verehrung, z. B. körperlicher Überrest eines Heiligen*).

Er las den Zettel.

„Ihre Schrift."

Frau Schöbel war nähergerückt und betrachtete beides.

„Wie alt war ... äh ... Sieglinde damals?" fragte Tom.

„Neunzehn."

„Und hat schon geraucht?" fragte Locke.

„Naja", lächelte Rübsam, „ein bißchen. Sie war eigentlich ganz brav. Aber Pingus hat das nicht geglaubt und sie deshalb enterbt."

„Wer ist Pingus?" fragte Tom.

„Damit beginnt die Geschichte", sagte Rübsam. „Ich muß etwas weiter ausholen, damit ihr alles versteht. Also: Diese Gegend hier wurde seit dem Mittelalter beherrscht von einem ziemlich ruppigen Adelsgeschlecht, nämlich derer von Pfählingen. Später kamen die von Schnuckbors hinzu. Ich war bis Ende des Krieges, genauer bis zu seinem Tode im August 1946, Leibarzt und enger Vertrauter des Grafen Pingus von Pfählingen und Schnuckbor. Pingus hatte seine Macken. Aber wir kamen gut miteinander aus. Leider konnte ich ihn nicht immer so beeinflussen, wie ich gern hätte. Pingus lebte auf Burg Henkersstein. Ihr habt sie sicherlich gesehen. Ein finsteres Gemäuer. Sie wurde im 14. Jahrhundert erbaut und ist heute noch bewohnt. Hier im Ort wurde Pingus ‚Der Scheinheilige' genannt. Damit tat man ihm sicherlich unrecht. Aber er hatte es – zumindest nach außen – sehr mit der Moral. Im Frühjahr 1946 stand es gesundheitlich schlecht um ihn. Er war damals 79. Eine schleichende Krankheit hatte ihn befallen. Das Ende war abzusehen. Also machte er sein Testament. Nach den Erben brauchte er nicht lange zu suchen. Es gab deren nur zwei: Neffe Ladislav von Pfählingen und Nichte Sieglinde von Schnuckbor. Sieglinde lebte damals in Stralsund an der Ostsee. Was Pingus zu vererben hatte, war gewaltig: die Burg, das Schloß Wolpertingingen – ebenfalls hier im Tal gelegen –, viel Landbesitz und Weinberge. Die liegen allerdings nur auf Nordhängen und bringen keinen Ertrag. Der Wein ist so miserabel – damit kann man höchstens einen grünen Salat anmachen. Außerdem lag in der Schweiz ein Barvermögen von 20 Millionen Schweizer Franken. Tja, sowas kommt zusammen – durch Raubritterei entlang der Jahrhunderte. Obschon, wie ihr sicherlich wißt, hier in Österreich der Adel schon seit Jahrzehnten keine Rolle mehr spielt – politisch gesehen."

„20 Millionen", staunte Tom. „Dafür konnte man – so kurz nach dem Krieg – die Welt kaufen."

„Konnte man", nickte Rübsam. „Tja, und Pingus hat also beide, den Ladislav und die Sieglinde, zu gleichen Teilen in seinem Testament bedacht. Aber dann, wenige Wochen vor seinem Tode, kam er plötzlich zu mir und schäumte wie Kernseife. Etwas Unfaßliches war ihm zu Ohren gedrungen."

Er machte eine Pause. Es ging ihm nicht darum, die Spannung zu erhöhen. Vielmehr bemühte er sich seit Minuten, mit der Zunge etwas zu entfernen, was zwischen den – offenbar echten – Backenzähnen klemmte.

Jetzt murmelte er eine Entschuldigung und nahm – hinter vorgehaltener Serviette – die Finger zu Hilfe.

Tom vermutete, daß es sich bei dem Störenfried um ein Stück Tiroler Speckschwarte handele. Auch er hatte damit gekämpft – lange noch nach Beendigung der Mahlzeit.

„Ihr müßt wissen", setzte Rübsam die Familien-Saga fort, „daß Pingus einen Feind hatte, den er zeitlebens mit seinem Haß verfolgte. Es handelte sich um einen litauischen Baron. Der hat ihn mal – in früher Jugend – lächerlich gemacht und ihm dann noch die Braut weggeschnappt. Jedenfalls erfuhr Pingus nun, daß sich Sieglinde mit dem Sohn jenes Barons heimlich verlobt habe. Ihr versteht?"

„Sozusagen eine Ohrfeige für Pingus", sagte Tom.

„Richtig. Hinzu kommt die Heimlichkeit. Eine Niedertracht, wie Pingus meinte. Sie wolle ihn für dumm verkaufen, das Erbe kassieren und ihn ansonsten lächerlich machen – so sah er das."

„Und?" fragte Locke.

„Ich hatte Sieglinde mal kennengelernt. Und konnte mir nicht vorstellen, daß sie so handelt. Ich hatte sie als liebreizend, charaktervoll und arglos in Erinnerung. Pingus war bereits bei seinem Anwalt und änderte das Testament. Sieglinde wurde enterbt. Der ganze Segen wartete auf Ladislav. Ich versuchte Pingus zurückzuhalten, denn nichts Genaues wußten wir nicht. Noch war alles Gerücht und nicht bewiesen. Aber er hörte nicht auf mich. Er war alt, starrsinnig und verbittert. Also griff ich zum einzigen Mittel: Ich verständigte Sieglinde. Telefonisch konnte ich sie leider nicht erreichen. 1946 war Mitteleuropa ein Trümmerhaufen, wie ihr wißt. Die Telefonverbindungen wurden erst nach und nach aufgebaut. Ich schrieb ihr. Sie schickte ein Telegramm, sie käme sofort. Das war Anfang August. Ich wartete. Sie kam nicht. Pingus lag im Sterben. Ich telegrafierte nach Stralsund. Die Leute, bei denen sie wohnte, antworteten, Sieglinde war abgereist. Aber sie kam hier nicht an. Ich machte mir Sorgen. Allerdings war das Reisen damals ziemlich erschwert. Wer 1000 Kilometer zurücklegen mußte, der konnte sonstwas erleben. Tja, dann starb Pingus am ... ich glaube, es war der 13. August. Das Testament trat in Kraft. Ladislav von Pfählingen wurde Alleinerbe, Sieglinde war verschwunden."

„Schrecklich!" flüsterte Locke.

„Es kommt noch schlimmer. Kaum hatten wir Pingus unter die Erde gebracht – will sagen: in der Familiengruft beigesetzt –, da traf hier, auf Burg Henkersstein, eine Lösegeldforderung ein. Gerichtet an Ladislav. Die Kidnapper – sie behaupteten, mehrere zu sein – teilten mit, daß sie Sieglinde entführt hätten. Zum Beweis waren ein paar Zeilen von ihr beigefügt. Die Verbrecher forderten eine halbe Million Reichsmark. Und Ladislav hat das anstandslos bezahlt. In der Nähe von Innsbruck wurde Sieglinde dann freigelassen."

„Irre!“ Locke atmete tief.

„Aber damit“, sagte Tom, „ist die Angelegenheit noch nicht ausgestanden. Denn jetzt ergeben sich Fragen.“

Rübsam lächelte. „Du sagst es.“

„Erstens“, sagte Tom, „was war dran an dem Gerücht?“

„Nichts!“ sagte Rübsam. „Sieglinde kannte weder den litauischen Baron noch dessen Ableger. Das wurde mir bestätigt – Jahre später, als ich den Baron in Wien traf.“

„Also hat jemand ein Gerücht in die Welt gesetzt“, stellte Tom fest, „bewußt und gezielt und zum Schaden von Sieglinde.“

„Richtig.“

„Wer hat das gedreht?“

„Das habe ich nie erfahren. Pingus sagte nur, von mehreren Seiten hätte man es ihm zugetragen. In seinem letzten Jahr war er auch mir gegenüber leider nicht immer zugänglich.“

„Aber Sie haben Vermutungen?“

Rübsam blickte auf seine abgezehrten Hände. „Ähem.“

„Ja, doch, Dr. Rübsam. Sie haben eine Vermutung.“

Der alte Arzt hob den Kopf. „Was nützt das, wenn es keine Beweise gibt. Außerdem ... nun, ich meine: Ladislav hätte von allem die Hälfte geerbt. Auch das war riesig.“

„Manche kriegen den Hals nicht voll“, sagte Locke, „und wollen immer alles. Wie war denn dieser Ladislav?“

„Naja“, er sah seine Haushälterin an. „Eigentlich sind wir ihm immer aus dem Wege gegangen, nicht wahr, Schöbel? Bis zum heutigen Tage.“

„Ihn gibt’s noch?“ fragte Tom überrascht.

„Aber ja. Er war damals 23. Heute ist er der unbestrittene Obermotz dieser Gegend. Er lebt auf Schloß Henkersstein. Und wer dort residiert, der kriegt sein Etikett, einen Spitznamen. Ladislav von Pfählingen heißt hier überall Graf Drago.“

„Nie gehört“, grinste Tom. „Aber er ist sicherlich Präsident vom Golfclub und mit seinen 63 Jahren noch sehr rüstig. Wie hat er sich damals Sieglinde gegenüber verhalten?“

Und Sieglinde
müßte noch
dankbar sein.

„Er verbriefte ihr freies Wohnen auf Lebenszeit – nicht auf der Burg, sondern auf Schloß Wolpertingingen. Außerdem überließ er ihr eine kleine – eine sehr kleine – Summe. Das war's."

„Und Sieglinde mußte noch dankbar sein", meinte Locke.

„Genau. Rechtlich war nichts zu machen. Sie hat das Tcstament auch gar nicht angefochten. Sie ist eine sanfte Natur. Mit harten Bandagen gegen einen aus der Sippe – das wäre ihr peinlich gewesen."

„Schön dumm!" Locke schüttelte den Kopf.

„Wie lange war sie in der Gewalt der Entführer?" fragte Tom.

„Etwa drei Wochen. Man hatte sie hinterrücks überwältigt, als sie sich bereits auf österreichischem Boden befand. Aber Grenzen im heutigen Sinne bestanden ja damals nur auf der Landkarte. Sie wurde dann in dem besagten Nebengebäude des Blohmeier-Hofs eingekerkert. Der Hof war 1945, kurz vor dem sogenannten Zusammenbruch, schwer umkämpft worden. Es hatte ein regelrechtes Gefecht gegeben. Soldatengräber befanden sich in der Nähe. Der Bauer, dem der Hof gehörte, befand sich in Kriegsgefangenschaft. Seine Angehörigen waren in einer Bombennacht umgekommen. Nicht dort, sondern als sie Verwandte in einer süddeutschen Stadt besuchten. Der Hof stand also leer. Ein ideales Versteck für die Entführer. Sie ließen Sieglinde ziemlich viel Freiheit. Sie durfte ihre persönlichen Sachen behalten – unter anderm das Zigarettenetui. Was die Verbrecher nicht wußten, war dies: Auf der Reise nach Gahstfrey hatte Sieglinde nur zum Teil die Bahn benutzt. Weite Strecken mußte sie zu Fuß zurücklegen. Kurz vor ihrer Entführung war sie – wie schicksalhaft – am Blohmeier-Hof vorbeigekommen und hatte dort übernachtet, froh darüber, ein Dach über dem Kopf zu haben. Als sie nun dort gefangen gehalten wurde, erkannte sie den Hof wieder."

„Und wie war das mit dem Etui?" fragte Tom.

„Ihr Gefängnis, ein kahler Raum, besaß zwei Fenster. Sie

waren vergittert und befanden sich weit über Kopfhöhe. Sieglinde hat das Etui mit der Nachricht hinausgeworfen. Später, nach ihrer Freilassung, durchsuchte die Polizei den Hof. Natürlich fand sich keine Spur von den Kidnappern. Von dem Etui nahm man an, die Verbrecher selbst hätten es gefunden."

„Was nicht zutrifft, wie wir jetzt wissen", sagte Tom. „Es fiel vermutlich auf der Außenseite der Mauer in einen Spalt oder eine Ritze. Dort hat es vier Jahrzehnte überdauert, und erst bei den Abbrucharbeiten kam es wieder zum Vorschein. Wäre es dem Nolde nicht zufällig vor den Wagen gepurzelt, hätten wir die Geschichte nie erfahren. Die Kidnapper wurden also nicht gefaßt?"

Rübsam schüttelte den Kopf.

„Konnte Sieglinde was über sie sagen?"

„Wenig. Es müssen mindestens zwei gewesen sein. Den einen hat sie nur flüchtig gesehen. Er war maskiert. Der andere war ein bulliger, muskulöser Typ – und natürlich auch maskiert. Aber an einem sehr heißen Tag kam er mal mit aufgerollten Hemdsärmeln. Da hat sie seine Tätowierung gesehen. Sie befand sich auf dem linken Unterarm: eine Meerjungfrau, die auf ihrem Fischschwanz balanciert. Darunter stand der Name Lisa."

„Und das hat bei der Fahndung nichts genutzt?" wunderte sich Locke.

„Es kam nichts dabei raus. Aber vergiß nicht: Damals ging noch alles drunter und drüber."

„Erst 19 Jahre alt – und schon so schlimme Erfahrungen", meinte Locke nachdenklich. „Da muß man ja verbittern. Denn sie ist doch verbittert, nicht wahr?"

„Würde ich nicht sagen." Rübsam schüttelte den Kopf. „Wie kommst du darauf?"

„Ich dachte. Weil sie ihren Adelsnamen abgelegt hat."

„Richtig. In der Beziehung ist sie gefrustet bis heute. Von ihrer Mischpoke (*üble Familie*) will sie nichts wissen. Deshalb nennt sie sich Schnuck. Das ist ihre Art von Protest, ein stiller

Widerstand. Nützt natürlich gar nichts. Graf Drago hat dafür nicht mal ein müdes Lächeln."

„Hach!" meinte Locke. „Ich möchte die Dame zu gern kennenlernen. Nicht wahr, Tom? Du auch. Und wir überreichen ihr das goldene Etui."

„Eben wollte ich euch genau das vorschlagen", lächelte Rübsam. „Für heute ist es schon ein bißchen spät. Aber morgen besuchen wir Sieglinde."

„Sie lebt immer noch auf Schloß Wolpertingingen?"

Rübsam nickte. „Seit nunmehr 40 Jahren. Allerdings wurde Wolpertingingen 1964 von Drago verkauft. An einen reichen Fabrikanten aus Wien, einen typischen Neureichen. Er ist vor zwei Jahren hier gestorben. An Fettsucht. Er hat alles, was eßbar ist, in sich reingestopft, aber seinen Hintern nicht bewegt. Zum Schluß wog er über zwei Zentner – bei einer Größe von 161 Zentimetern. Tja, das war Erich Dölme, dic rollende Kugel. Seine Frau Gertrud ist jetzt die Schloßherrin. Mit Sieglinde versteht sie sich gut. Übrigens haben die Dölmes Sieglindes Wohnrecht nie in Frage gestellt. Das Schloß kauften sie damals samt ihr – also mit lebendem Inventar. Außerdem gibt es noch den nahezu erblindeten Großvater Wilhelm Dölme. Ich erwähnte ihn vorhin. Er ist leidenschaftlicher Schmucksammler, sieht aber das Gebamsel nicht mehr, kann es nur noch befühlen. Dann ist da noch Stepanka Nicoletta Dölme, die Tochter. Sie ist 21 und lebt in Wien. Studiert irgendwas oder macht eine Ausbildung. Ach, und nicht zu vergessen: Im sogenannten Turm – da lebt Graf Dragos verwitweter Schwager: Edmund Böld. Der Turm gehört zum Schloß. Böld hat Geld wie Heu, will aber von der Welt nichts mehr wissen. Er vergräbt sich im Turm und kippt jeden Tag ein paar Flaschen Wein durch die Kehle. Er lebt zur Miete bei den Dölmes."

„Und wovon bestreitet Sieglinde ihren Lebensunterhalt?" fragte Tom.

„Sie ist Lehrerin an der hiesigen Grundschule. Läßt sich auch dort nur mit Frau Schnuck anreden."

11. Fütterungserfolg

Als Fratti, Graf Dragos Sohn, das Gasthaus ZUR POST verließ, stand der Mond am Himmel.

Matzl war geblieben, klebte an seinem Stuhl, nahm den sechsten oder siebten Schoppen zur Brust.

Davon hielt Fratti nichts. Er verfolgte ehrgeizige Pläne. Geld war das Ziel. Der doofe Böld mußte hinscheiden, bevor er sein Testament ändern konnte.

Gewissensbisse kannte Fratti nicht. Was war schon dabei, einen alten Saufkopf wie den Böld etwas früher als vom Schicksal vorgesehen ins Jenseits zu schicken!

Da hatten die Altvorderen in fünf Jahrhunderten ganz andere Sachen gedreht. Er wußte von Blutbädern aus der Familiengeschichte, von Privatkriegen, Intrigen (*Ränkespielen*) und Gemeinheiten ganz außerordentlicher Art.

Und alles war geschichtlich verbürgt.

Fratti blieb auf der dunklen Straße stehen und äugte suchend umher. Ihm fiel nicht gleich ein, wo er seinen Wagen geparkt hatte, einen alten VW.

Dann sah er ihn. Daneben stand jetzt ein goldfarbener Fuego mit Schweizer Kennzeichen.

Fratti schloß seinen Rosthaufen auf und verstaute die schlaksigen Glieder hinter dem Lenkrad.

Die Straßen waren still. Irgendwo in der Ferne heulte ein Hund. Aus noch weiterer Ferne antwortete ein Artgenosse.

Fratti folgte der Burg-Straße, die südwestwärts aus Gahstfrey hinaus und zu seinem Zuhause führte. Bevor sie den kegeligen Berg erreichte, schnitt sie durch Wiesen, über die der Nachtwind strich.

Der Burgberg war rundum bewaldet. Die Straße schlängelte sich und war bis zum Burgtor asphaltiert. Erst hinter der Mantelmauer, auch Zingel genannt, war der Boden mit Kopfstein gepflastert.

Dumpf rumpelte der VW über die Zugbrücke. Beim Fallgatter jagten Fledermäuse im Schein der Laterne, die schon ganz blind war von Spinnweben und Staub.

Fratti hielt beim Ziehbrunnen, der seit 1899 kein Wasser mehr hergab, und stellte den Motor aus.

Der Boden senkte sich in Richtung Kemenate, dem ehemaligen Frauenhaus. Wenn man einen Ball fallen ließ, rollte er unweigerlich dorthin.

Ihn hatte das nie gestört. Er haßte Bälle und sportliche Betätigungen sowieso – hätte bei Ritterturnieren im Mittelalter eine traurigere Figur abgegeben als Don Quichotte.

Aber Sascha hatte sich über den abschüssigen Boden immer furchtbar geärgert.

Sascha Quasimothke war der Sohn des Verwalters und ein begeisterter Fußball-Fan. Als Junge hatte er auf dem Burghof gebolzt. Er und Fratti waren gleichaltrig.

In der Zinne des Hauptturms, des sogenannten Bergfrieds, schrie ein Käuzchen.

Dich erwische ich noch, dachte Fratti – und hoffte, daß er mit seinem Kleinkaliber-Gewehr bald zum Schuß käme.

Tiere teilte er in drei Gruppen ein: in jagdbare, eßbare und in Ruhestörer – wie das Käuzchen. Umbringen konnte man selbstverständlich alle, wie er meinte.

Er schlurfte zum Haupthaus, dem sogenannten Palas oder Dürnitz, blickte kurz in den Ritterschlag-Saal, wo sich niemand befand, und trat durch eine Verbindungstür in das Bergfried-Gemäuer.

Der Turm war sehr hoch. Die meterdicken Mauern rochen feucht und ein wenig nach Salpeter. Eine enge Steintreppe führte ins Verlies hinunter.

Hier waren in alten Zeiten – als es auch nicht schlimmer zuging als heutzutage – Eingekerkerte bei lebendigem Leibe verfault.

Fritz Quasimothke, Saschas Vater, behauptete – wenn er betrunken war –, 13 Gespenster gingen dort um. Die dazugehörigen Personen hätten im 14. und 15. Jahrhundert gelebt.

Sehen oder hören könne man die Gespenster freilich erst nach dem Genuß von sechs Litern Wein.

Soviel hatte Fratti nie geschafft, weshalb er sich auch kein abschließendes Urteil über den Spuk bilden konnte.

Quasimothke, der Ältere, war hier Verwalter und Graf Dragos Vertrauter. Seit 40 Jahren bestand eine Art von Kumpanei (*üble Gefährtenschaft*). Und Fritz war der einzige, den Graf Drago menschenwürdig behandelte. Für die verstorbene Gräfin von Pfählingen, seine Frau, hatte er nicht soviel gute Worte gehabt. Und für Fratti schon gar nicht.

Fratti stieg die steile Wendeltreppe hinunter. Die Knie taten ihm weh. Er hatte entsetzlich dürre Beine und keine Muskeln als Halt für die Gelenke. Er haßte diese Treppe. Eigentlich haßte er die ganze Burg – samt Insassen.

Freilich: Um sich in Salzburg, Wien oder an der französischen Riviera niederzulassen, fehlte ihm das Geld. Deshalb war er angewiesen auf sein Zuhause. Aber wohl nicht mehr lange. Sobald er den alten Böld beerbt hatte, würde sich das ändern.

Noch fünf Stufen – dann stand er vor der eisenbeschlagenen Tür. Sie war verschlossen wie immer.

Durch einen Entlüftungsschacht in der Mauer hörte er Zischen und Brodeln.

Graf Dragos Folterkammer – so hieß der Raum bei jedem, der auf der Burg zu tun hatte. Außer dem Burgherrn und Sohn Fratti, Fritz und Sascha Quasimothke war das ein Halbdutzend Angestellte: Handwerker, weil es ständig was auszubessern gab, zwei Putzfrauen und die Köchin.

Dragos Folterkammer war früher tatsächlich eine Folterkammer gewesen – mit unmittelbarem, nämlich senkrechten Zugang zum Verlies. Aus der Folterkammer hatte man die Geschundenen einfach ins finstere Loch hinabgestürzt.

Heute führte eine steile Stahltreppe hinunter; und unten lagerten – in Grabeskühle – auf meterhohen Regalen Weinflaschen. Nicht die ganzen 60000 – aber immerhin viele.

Die anderen waren im Mushaus (*Vorratshaus*) untergebracht. Aus der Folterkammer hatte sich Graf Drago ein Labor gemacht. Es war eingerichtet mit chemischen Apparaturen. Drago experimentierte hier, und niemand hatte Zutritt zur FOLTERKAMMER.

Über seine Experimente sprach er nur mit Fritz Quasimothke. Aber die Heimlichtuerei hatte wenig Sinn.

Worum es ging, lag nämlich auf der Hand. Drago arbeitete daran, das ungenießbare Produkt seiner kargen Rebhügel zu verbessern. Offensichtlich gelang ihm das. Die wissenschaftlichen Voraussetzungen brachte er mit. Fünfeinhalb Semester Chemie hatte Ladislav von Pfählingen an der Uni studiert – und dann aufgehört, weil er glaubte, genug zu wissen.

Fratti streckte die Hand aus.

Neben der Tür befand sich ein Klingelknopf.

Bevor er ihn berührte, öffnete sich die Tür. Graf Drago trat aus der FOLTERKAMMER, in der jetzt das Zischen und Brodeln verstummt war.

„Du?" schnauzte er den Sohnemann an. „Was schleichst du hier rum?"

„Ich wollte zu dir und gerade klingeln."

„Und?"

„Hast du etwas Zeit?"

„Zeit habe ich nie. Wofür?"

„Ich wollte mit dir über meine Finanzlage reden. Ich bin jetzt 23 und habe noch nie Taschengeld bekommen. Wäre es nicht möglich, du gibst es mir auf Kredit – und später zahle ich dir alles zurück. Natürlich mit Zinsen."

Drago starrte ihn an. Er war noch größer als sein Filius, dürr, aber kräftiger, und besaß den familientypischen Schmalschädel mit Birnenstirn und spitzem Kinn. Er trug eine dunkle Hornbrille, hinter der seine Augen böse glommen.

„Zurückzahlen?" fragte er höhnisch. „Du? Wovon? Und wann? Wenn du mich beerbt hast, ja? Außerdem besitzt du das Geld deiner Mutter."

„Das reicht nicht ewig."

„Hör mit dem Glücksspiel auf – dann reicht es länger."

Drago drehte den Kopf über die Schulter und pfiff.

Fratti zuckte zusammen. Gleich würde Plutarch auftauchen. Er konnte das Vieh nicht leiden. Es war ihm unheimlich – eigentlich mußte sich jeder davor fürchten. Aber bei weitem nicht jeder bekam Plutarch zu Gesicht.

Tagsüber lag er hier in der FOLTERKAMMER und wurde von Drago gefüttert. Womit? Es mußte irgendwas Chemisches dabei sein, das in die naturgewollte Ordnung eingriff. Denn Plutarch hatte sich bereits zur Größe eines kräftigen Cocker Spaniels entwickelt. Aber Plutarch war kein Hund.

Plutarch war eine Ratte.

Ein schrilles Quieken ertönte in der Dunkelheit. Dann sprang das Vieh herbei, krallte eine Vorderpfote in Dragos Cordhose und beobachtete Fratti aus funkelnden Augen.

Unfaßlich, diese Größe! dachte der Grafensohn.

Plutarchs Fell war dicht. Es glänzte. Zähne und Krallen hatten sich zu wahren Mordwerkzeugen ausgewachsen. Der Schwanz war nackt, und er peitschte den Boden – wie das nervöse Tiger und Löwen an sich haben.

Plutarch trug ein rotes Halsband mit silbernen Beschlägen. An der Leine brauchte er nicht mehr zu gehen, denn er gehorchte Drago aufs Wort. Nachts ließ der die Riesenratte auf dem Burghof herumlaufen, wo sie Mäuse, schlafende Vögel und auch Artgenossen fing.

Drago bezeichnete Plutarch als den Prototyp (*Muster*) einer neuen Rasse. Die Züchtung war sein Geheimnis. Er verriet lediglich, daß es keine Züchtung war – sondern ein Fütterungserfolg.

Tatsächlich fütterte er Plutarch mit einem Abfallprodukt, das bei seinen Experimenten zur Wein-Verbesserung angefallen war – zufällig.

Er hatte auch Spinnen, Küchenschaben, Wanzen und Meerschweinchen damit gefüttert. Aber die sprachen nicht darauf. Lediglich Plutarch zeigte ungewöhnliche Ausmaße und Gelehrigkeit.

„Also kein Taschengeld?" fragte Fratti.

„Keinen Groschen. Als ich so alt war wie du, wußte ich längst, wie man zu Geld kommt. Nicht durch Arbeit. Sondern durch Köpfchen. Solange du nur rumhockst und zockst, hast du nichts zu erwarten."

„Vielleicht weiß auch ich bald, wie man zu Geld kommt."

„Sollte mich wundern", meinte Drago und schloß die Tür hinter sich ab.

Plutarch sprang vor ihnen die Treppe hinauf. Seine Krallen kratzten auf den Steinstufen.

Schauerlich! dachte Fratti. Er ging als letzter.

Der Bergfried hatte einen eigenen Eingang.

Drago ließ seinen Fütterungserfolg ins Freie, und Plutarch verschwand auf raschelnden Pfoten in der Dunkelheit.

„Er fällt keinen an, den er kennt", sagte Drago – und blickte ihm nach. „Nur Fremden geht er an die Kehle. Das nenne ich intelligent. Gute Nacht!“

„Gute Nacht!“ sagte Fratti.

Ohne seinen Sohn eines weiteren Blickes zu würdigen, schritt Graf Drago über den Hof.

Er hatte seine Privaträume im Obergeschoß des ehemaligen Frauenhauses.

Fratti wohnte unter dem Dach des Wirtschaftsgebäudes.

Dazwischen lag die ganze Breite des Burghofs.

12. Nolde ist hier

Wirklich – in Dr. Rübsams Haus war Platz genug.

Locke bezog ein hübsches Gastzimmer, Tom konnte sich schräg gegenüber häuslich niederlassen.

Erst jetzt – es ging auf 22 Uhr – fiel den beiden ein, daß sich die Packtasche noch draußen auf der Vespa befand.

Tom holte das gemeinsame Gepäck herein und schob auch den Roller aufs Grundstück.

Für einen Moment blieb er im Garten stehen und sah über die Wiesen. Das Gras zitterte im Nachtwind und wurde vom Mondlicht beglänzt. Tiefschwarz und scheinbar drohend begrenzten die Felsriesen das Tal. Der Himmel war tiefblau und mit Sternen übersät.

Und dabei soll man schlafen? dachte er. Viel zu schön! Was sich die Natur manchmal denkt.

Frau Schöbel werkelte in der Küche.

Rübsam deutete lächelnd auf die Packtasche.

„Ist das alles, was ihr mithabt?"

„Zahnbürste und Waschlappen für jeden. Dazu Wäsche zum Wechseln." Tom grinste. „Das reicht doch. Wir wollen ja nicht in die Oper."

Dann bat er um den Hausschlüssel. „Ich merke, daß ich noch nicht schlafen kann, und würde gern einen Spaziergang machen."

„Mit Locke?" fragte Rübsam.

„Mit mir nicht", ertönte ihre Stimme oben von der Treppe. „Ich bin so müde – ich könnte nicht mal mehr Fliegen vom Pudding wegscheuchen. Ich weiß nicht, woher der Conradi diese Munterkeit nimmt."

„Vielleicht ist er mondsüchtig", rief Frau Schöbel aus der Küche. Das war mehr, als sie am ganzen Abend gesagt hatte. Alle staunten.

„Ich bleibe ja nicht lange."

Tom wünschte den Gastgebern Gute Nacht und bedankte

sich zum wiederholten Male, was aber Rübsam nicht hören wollte.

Tom trug die Packtasche zu Locke hinauf.

Sie würde sich ihre Sachen rausgriffeln, meinte sie, und ihm die Tasche ins Zimmer stellen.

Mit einem Gute-Nacht-Kuß wurde er verabschiedet.

„Vergiß nicht den Hut abzunehmen, wenn du ins Bett gehst“, grinste er.

Denn tatsächlich – Locke hatte ihn wieder auf ihre dunkle Prachtmähne gesetzt. Offenbar, weil sie noch nicht wußte, wo sie ihn aufhängen sollte.

Tom zog seine Windjacke an und vergewisserte sich, daß er genügend Geld in der Tasche hatte – österreichische Währung natürlich, die sie am Grenzübergang eingetauscht hatten. Was er brauchte, waren Münzen: Schillinge.

Draußen war es jetzt spürbar kühler als tagsüber im Sonnenschein. Aber Tom trug derbe Jeans und lederne Basketball-Stiefel. Er zog den Reißverschluß der Windjacke bis ans Kinn und stiefelte los.

Nicht so ziellos, wie er vorgegeben hatte. Er suchte eine Fernsprechzelle. Daß er Gunter anrief, war selbstverständlich. Locke wußte Bescheid, meinte aber, daß es genüge, wenn einer die Einzelheiten übermittele – zur journalistischen Auswertung. Denn die Geschichte um Sieglinde von Schnuckbor war etwas, wonach sich Reporter die Finger lecken.

Rübsams Telefon wollten sie nicht benutzen. Zum einen hätte das seine Telefonrechnung in die Höhe getrieben – denn Rückruf ließ der goldherzige Oldie bestimmt nicht zu; zum andern bestand eine gewisse Scheu, das Gehörte vor Rübsams Augen und Ohren gleich brühwarm weiterzugeben – an die Presse. Er hätte es wohl verstanden. Trotzdem – so war es besser. Ein bißchen heimlich, aber nicht unehrlich. Ein wohlabgewogener Interessenkonflikt.

Tom schnürte den Ramsbirslthaler Weg zurück – ortseinwärts.

Niemand kam ihm entgegen.

Nicht hinter allen Fenstern brannte Licht.

In großer Höhe brummte ein Flieger über den Nachthimmel. Von den Sternen unterschied er sich durch die Bewegung – obwohl er sich mit einer Sternschnuppe nicht hätte messen können – und durch das andersfarbige Buglicht. Es glühte rot.

An der Kreuzung begegnete Tom einem älteren Paar. Es war gekleidet wie Einheimische. Er fragte nach einer Fernsprech-Möglichkeit. Sie schickten ihn: geradeaus, dann links, dann rechts und wieder links.

Hinter dem Gasthaus ZUR POST sei eine Telefonzelle für Ferngespräche.

Als sich Tom dem Gasthaus näherte, fuhr auf dunkler Straße ein Wagen ab.

Die nächste Laterne stand jenseits der weitausladenden Kastanienbäume. Aber in der POST war noch Betrieb, und der Wagen mußte an erleuchteten Fenstern vorbei.

Tom verharrte wie angewurzelt.

In derselben Sekunde verdoppelte das Blut in seinen Adern die Umlaufgeschwindigkeit.

Ein Fuego! Kein Zweifel! Ein Fuego! Mit ... ja, mit schweizer Kennzeichen. Oder? Und die Farbe? Metallic auf jeden Fall. Wahrscheinlich Gold. Hellbraun? Nein, gold!

Der Wagen verschwand um die Ecke. Es war sinnlos, ihm nachzurennen.

Nolde ist hier! dachte Tom. Er ist tatsächlich hier. Bleibt er? Fährt er weiter? Ich wette, er bleibt. Um diese Zeit bricht man nicht auf. Nicht nach den Ereignissen des Tages. Auch ein Ganove hängt mal durch. Himmel, ist das alles heute passiert? Uns betrügen, fliehen, die Schau am Blohmeier-Hof, Tempofahrt über die Grenze. Lebt stressig, so ein Betrüger. Aber wer so ist, hält 's auch aus. Nur bei ehrlichen Menschen schont ein gutes Gewissen die Nerven.

Morgen halten wir die Augen offen, dachte er. Gleich früh bin ich auf den Beinen.

Er fand die Telefonzelle, fütterte den Münzschlitz und wählte nach entsprechender Vorwahl die Rehmsche Privatnummer.

Mike, Lockes 19jähriger Bruder, meldete sich.

„Ich bin's, Mike. Hallo! Ich rufe an aus Bad Gahstfrey. Du weißt, daß wir hier sind?"

„Hallo, Tom! Klar, bin im Bilde. Wie läuft es bei euch?"

„Irre Kiste! Aber ich habe nicht genug Münzen, um zweimal zu berichten. Bin nämlich in 'ner Öffentlichen. Du hörst alles von Gunter. Ist er da?"

„Nee. Er ist noch im Pressehaus. Der Ministerpräsident hat irgend 'nen Hammer rausgelassen. Das muß morgen noch ins Blatt, damit sich der Rest der Welt aufregen kann."

„Was ich habe, ist aufregender als das Dummsülzen über Absichtserklärungen, die ewig nur Absicht bleiben. Muß Schlußmachen. Grüß deine Freundinnen!"

„Alle? Oder nur eine Auswahl?" lachte Mike.

Tom rief im Pressehaus an, erreichte Gunter und berichtete alles, was Sache war, in der gedrängtesten Form, die jemals den heißen Draht passiert hat.

13. Die richtigen Zahlen

Wieder schrie das Käuzchen oben im Turm.

In Frattis Bude brannte kein Licht.

Der Grafensohn hatte das Fenster geöffnet. Es lag mindestens acht Meter über dem Burghof.

Nur zwei Lampen funzelten dort: eine innen am Burgtor, die andere über dem Eingang zum Palas.

Das bißchen Licht reichte nicht weit, und zwischen den Mauern waberte Dunkelheit.

Bewegung schien dort zu sein. Manchmal ertönte ein gedrosseltes Quieken. Plutarch war unterwegs.

Eines Tages erschieße ich das Vieh! dachte Fratti. Aber nicht mit meinem KK, sondern mit großem Kaliber. Wäre ja abscheulich, wenn dieser Prototyp in Serie ginge – und hier solche Monster massenhaft rumliefen.

Er starrte hinüber zur Kemenate.

In den Räumen seines Vaters brannte Licht. Zwei Fenster waren geöffnet, und Fratti konnte beobachten, wie sich sein Erzeuger zwischen den antiken Möbeln bewegte.

Er bewohnte zwei Räume mit insgesamt 160 Quadratmetern Nutzfläche. Er liebte es großzügig, und in seinem Bad waren die Wasserhähne aus Gold.

Gespannt beobachtete Fratti, was der väterliche Schloßherr tat.

Würde es heute glücken? Würde Drago wieder mal seinen Safe öffnen?

Das gepanzerte Geldbehältnis befand sich hinter einem großen Gemälde, das den Grafen Beißbald von Pfählingen, genannt der „Fiebrige“, darstellte. Dieser Mensch hatte hier gelebt, geherrscht und gewütet von 1501 bis 1551 und soll sich angeblich bemüht haben, die Tradition der Kreuzzüge wieder ins Leben zu rufen, weil er gern reiste – aber nur in großer Gesellschaft.

Freilich waren die Kreuzzüge zu jener Zeit ein ganz alter

Hut, für alle Ansprechpartner total out, und Beißbald brachte keine bewaffnete Reisegruppe fürs Heilige Land zusammen – trotz ständiger Hinweise auf Beute und Abenteuer-Urlaub.

Jetzt also bewachte er finsterblickend den Safe.

Wenn Fratti seinen enorm starken Feldstecher an die Augen hob, konnte er Beißbalds Barthaare zählen.

Waren es doch nur ca. 70 Meter, die der Blick zu überbrükken hatte.

Los, Vater! dachte er. Du brauchst was aus dem Safe! Zähl das Geld! Lies ein Dokument, blas den Staub raus – meinetwegen –, aber mach ihn endlich auf!

Hatte sich der fromme Wunsch telepathisch (*wahrnehmerische Gedankenübertragung*) auf Graf Dragos graue Zellen gelegt?

Fratti hielt die Luft an, als sein Vater das Beißbald-Gemälde beiseite klappte. Mit einem Ruck ließ sich das machen, denn der Rahmen war rechts mit Scharnieren an der Wand befestigt.

Atemlos stierte Fratti durchs Fernglas.

Er sah, wie sein Vater die Kombination am Zahlenschloß einstellte: 7 – 6 – 3 – 3 – 9

Die gepanzerte Tür wurde geöffnet, und Drago legte ein dünnes Bündel Papierbogen ins unterste Fach.

In den beiden oberen stapelten sich Banknoten.

Einer der Stapel stand nicht ganz auf Reihe. Drago richtete ihn peinlich genau aus.

Dann schloß er den Safe.

„Sieben, sechs, drei, drei, neun“, flüsterte Fratti. „Bei allen dreizehn Geistern – jetzt weiß ich schon einen zweiten Weg, wie man zu Geld kommt.“

*

Dr. Rübsam war Frühaufsteher, aber als er zum Frühstück rief, kam außer Frau Schöbel – die ohnehin in der Küche wirkte – nur Locke.

„Und Tom schläft noch?“ fragte Rübsam nach fröhlicher Begrüßung.

„Habe ich auch gedacht“, lächelte Locke. „Aber er ist bereits außerhäusig. Als ich bei ihm klopfte, kam keine Antwort. Dann fand ich den Zettel hier vor meiner Tür. Er schreibt: Guten Morgen, Locke-Liebling – ehm, naja –, es ist 6.05 Uhr. Ich benutze nochmal den Hausschlüssel und mache eine Runde durch den Ort. Falls ich mich nicht getäuscht habe, wurde ich gestern abend des Fuegos ansichtig – aber nur von ferne. Vielleicht finde ich jetzt den Wagen und kann Nolde aus dem Bett holen. Bin zum Frühstück wieder da – Dein liebster Tom ... ehem, naja!“

„Einfach süß, wie er dir schreibt“, sagte Frau Schöbel durch die Durchreiche zur Küche. Dann fragte sie Locke, was es zum Frühstück sein dürfe.

„Ein Glas Milch“, begehrte Toms Freundin. „Und eine Banane, wenn Sie haben. O je, ich habe meine Yoga-Übungen vergessen.“

„Ach, du bist ein weiblicher Fakir?“ fragte Rübsam. „Und sitzt zu Hause auf dem Nagelbrett?“

„Ist das Ihre Vorstellung von Yoga?“ lachte sie.

Als sie mit dem Frühstück fast fertig waren, kam Tom zurück. Seine Miene verriet, daß er weder den Fuego noch Nolde gefunden hatte.

„Aber das will nichts heißen.“ Er setzte sich an den Tisch. „Bad Gahstfrey ist größer, als ich dachte. Der Mistkerl kann sich sonstwo aufhalten. Wir müssen uns eben tummeln. Und wenn Sie Ihre Bekannten anspitzen, Dr. Rübsam, ist das schon fast wie 'ne Schleppnetzfahndung.“

„Noch eine Tasse Schwarzen“, sagte Rübsam und meinte den starken Kaffee ohne Milch, „dann telefoniere ich reihum. Außerdem melde ich uns bei Sieglinde an. Sie wird Augen machen. Und sich freuen über ihr altes Zigarettenetui.“ Er wandte sich an die Schöbel. „Aber das Rauchen hat sie doch aufgegeben, nicht wahr?“

„Schon lange“, nickte die Haushälterin. „Sie hat’s ja auch nie übertrieben. Aber eines Tages merkte sie trotzdem, daß beim Bergsteigen die Luft knapper wird. Und damit war endgültig Schluß, was nur gut ist.“

„Da wir gerade von Gesundheit reden“, sagte Locke, „mal ehrlich, Dr. Rübsam: Wie alt sind Sie? Gunter hat uns nämlich beschwindelt und Sie zum Greis gemacht.“

Rübsam lächelte: „Wie alt bin ich – seiner Meinung nach?“

„Er hat behauptet: 91.“

Der Arzt nickte. „Seit April bin ich 92.“

„Respekt!“ murmelte Tom. „Für mich sind Sie Vorbild. Was ist das Geheimnis?“

„Nicht rauchen“, lachte Rübsam, „sich Eltern aussuchen mit guter Veranlagung, denn auch die Erbmasse spielt eine Rolle. Zurückhaltung bei allem, was durch den Mund reinkommt – aber keine Bescheidenheit bei dem, was durch die Nase geht.“

„Sie meinen frische Luft?“ hakte Tom nach.

„Richtig. Von der leben wir. Sauerstoff muß rein in die Lungen. Mit Atemübungen und durch Sport. Das erklärt den Methusalem (*biblische Gestalt im 1. Buch Mose, sehr alter Mann*).“

„Dann liegen wir richtig“, stellte Locke fest. „Ich mache Yoga-Atemübungen und neuerdings Jazztanz. Tom ist sehr sportlich. Kann alles und ist ganz toll in Karate.“

„Bei fernöstlichen Kampfsportarten“, nickte Tom, „spielt die Atemtechnik eine entscheidende Rolle. Trotzdem scheine ich irgendwas falsch zu machen.“

„Wieso?“ fragte Rübsam.

„Sie sind 92 und sehen aus wie 70. Ich bin knapp 16, und man hält mich für 18. Wo liegt da mein Fehler?“

Alle lachten.

„In deinem Alter“, erklärte Rübsam, „verhält sich ’s noch umgekehrt. Die Durchlüftung der Lungen und Körperzellen beschleunigt die Entwicklung, was wünschenswert ist. Erst wenn das Altern einsetzt, was biologisch schon ab Anfang 20 der Fall ist – ja, allen Ernstes, man merkt es nur nicht, weil der Abbau ganz winzig ist – erst dann also sollte gebremst werden."

„Mit Frischluft!" rief Locke. „Es lebe das Rezept!"

„Aber Ihr Rührei-Rezept, Frau Schöbel", sagte Tom, „ist der Luft hinsichtlich des Wohlgeschmacks überlegen. Nämlich einfach köstlich!"

14. Fenstersturz

Über Edmund Bölds Gesundheits-Rezept hätte sich die fröhliche Frühstücksrunde bei Dr. Rübsam nur gewundert.

Dragos verwitweter Schwager, dem Fratti aus Erbschaftsgründen nach dem Leben trachtete, hielt nichts von frischer Luft, grünen Tees oder Yoga. Was ihm guttat, wie er meinte, war der Wein.

Es gab Stunden, da sich der ältliche Typ ausgesprochen seltsam benahm, knickbeinig, grimmassierend (*Fratzen schneiden*) und in Selbstgespräche vertieft – so daß sich die übrigen Bewohner von Schloß Wolpertingingen hinter seinem Rücken an den Kopf tippten.

Dann war er nüchtern, der Böld.

Aber das kam selten vor.

Meistens benahm er sich unauffällig und normal.

Und nur an seinem Atem konnte man feststellen, daß er bis zu den Rachenmandeln unter Alkohol stand.

Er bewohnte, wie schon mehrfach erwähnt, den Turm.

Dort verschanzte er sich, ließ niemanden herein und tauchte nur auf, wenn er aufs Klo mußte oder baden wollte. Denn der Turm besaß weder WC noch fließend Wasser.

Schloß Wolpertingingen liegt auf der anderen Seite des Tals, Burg Henkersstein pfeilgerade gegenüber – liegt auf einem Hochplateau, das die Talsohle um 50 Meter überragt und an die schroffen Steilwände des Wolkenmelkers stößt.

Der Wolkenmelker ist mit 2481 Metern der dritthöchste Berg rund um Bad Gahstfrey.

Wolpertingingen ist von weitem – und aus der Nähe – eher unansehnlich.

Ein hufeisenförmiger Flachbau umschließt einen öden Vorplatz, den die Dölmes nach dem Ankauf von 1964 mit Büschen und Hecken begrünt haben.

Aber der geröllige Boden hat nur Krüppelgewächse hervorgebracht, und der Rasen ist dünn.

Immerhin zählt das Schloß 32 ebenerdige Zimmer – mit nunmehr sieben Bädern. Eins davon steht ausschließlich Böld zur Verfügung.

Vom Vorplatz reicht der Blick über das Tal und den Ort nach Süden.

Sonnenscheindauer ist garantiert – sommers von ca. 8.30 Uhr bis 17.15 Uhr, im Winter von 10.15 bis 15.15 Uhr – weil dann die Sonne sehr tief steht und die Berge den Strahlen den Weg abschneiden.

Der 16 Meter hohe Turm am Ende des Ostflügels hat seine Geschichte.

Maximilian Alfredo von Pfählingen hatte 1604 mit dem Bau des Schlosses begonnen, um sich einen Zweitwohnsitz – wie die Chronik berichtet – zu schaffen.

In nur wenigen Jahren war das Schloß erbaut. Weil noch Geld übrig war, sollte daneben eine hübsche Kirche errichtet werden – was einen guten Eindruck gemacht hätte auf Maxis Untertanen.

Er veranlaßte, daß als erstes ein toller Kirchturm in die Höhe gezogen wurde, dem man das Kirchenschiff angliedern wollte.

Aber kaum hatten sie Richtfest gefeiert für den Turm, als Maximilian Alfredo fürchterlichen Krach kriegte mit dem für die Gegend zuständigen Kirchenfürsten, einem Bischof.

Wie die Chronik verschweigt, aber trotzdem bekannt ist, ging es um eine größere Menge Geldes. Jeder der beiden Herrscher – der kirchliche wie der weltliche – wollte die Kohle in seine Tasche lenken, und keiner gab nach.

Wer den Reibach *Gewinn* schließlich gemacht hat, darüber streiten sich die Historiker.

Fest steht lediglich, daß Maxi stinksauer war, dem Klerus (*Priesterschaft*) die Freundschaft kündigte, den Bischof überall beschimpfte und den Bau der Privatkirche beim Schloß Wolpertingingen stoppte.

Immerhin: Der Turm stand bereits.

Ihn abzureißen, wäre schade gewesen.

So wurde er dann über die Jahrhunderte als Geräteschuppen, Ausguck und Heimstatt für Fledermäuse benutzt.

Erst als Böld dort einzog, ließ er einen Raum im oberen Drittel zum Apartment ausbauen.

Es gab drei Fenster, doppelt verglast, nach Osten, Süden und Westen. Es gab Zentralheizung. Im Sommer kühlten die dikken Mauern, im Winter hielten sie die eisigen Winde ab.

Außerdem war Böld der einzige Bewohner von Bad Gahstfrey und Umgebung, der vom Südfenster aus durchs Ramsbirslthal bis nach Untermunzenbach-Dröglingen sehen konnte.

Das heißt, er sah den Wetterhahn der dortigen Kirchturmspitze. Immerhin!

An diesem Morgen – es war mittlerweile halb zehn – hatte Böld sein Südfenster geöffnet.

Er stützte die Hände auf die Fensterbank und starrte hinaus. Daß er offenen Mundes atmete, war ungesund, aber kein Unglück. Daß er die Zunge heraushängen ließ, war unschön.

Er blinzelte mehrmals. Das half nichts.

Er sah Bad Gahstfrey doppelt.

Auch Burg Henkersstein verschob sich wie auf einem Vexierbild (*Bild mit doppelten Konturen*).

Liegt das am Wein? überlegte er.

Es lag am Wein. Genauer: An dem Henkerssteiner Döskopp aus Graf Dragos FOLTERKAMMER.

Böld hatte erst kürzlich 100 Flaschen vom Schwager erstanden – als Testtrinker zum Vorzugspreis.

Nur noch ein Dutzend war übrig. Und vorhin hatte er – anstelle von Frühstück – zwei in sich reingepfiffen.

Jetzt befand er sich in einem Zustand, der weder Autofahren, Radfahren noch fußläufige Fortbewegung zuließ.

Übel war ihm nicht. Aber seine graue Masse spielte Karussell. Was er sah, kippte, tanzte und torkelte. Der Boden schien zu schwanken. Es gab kein oben und unten mehr, sondern nur noch drüber und drunter.

Böld merkte nicht, daß er sich weit aus dem Fenster beugte.

Guten Morgen, Herr Böll.

Exakt elf Meter betrug die Entfernung bis hinunter.

Sie wurde verringert – um etwa zwei Meter – durch den hochbepackten Heuwagen, der in diesem Moment unter Bölds Fenster schrammdicht am Turm vorbeifuhr.

Der Gärtner und Heuwiesen-Pächter der Dölmes, ein gewisser Pfandl, saß auf dem Kutschbock.

Er war ein dummer Mensch und außerdem schwerhörig.

Trotzdem vernahm er den „Platsch" hinter sich und wie das Heu knisterte.

Indem er den Gaul zügelte, wandte er sich um.

Zu seinem größten Erstaunen lag Edmund Böld hinter ihm auf dem Heu – handbreit neben einer Forke, deren Stiel senkrecht im Heu steckte, die Spitzen also himmelwärts wiesen.

„Guten Morgen, Herr Böld!" grüßte Pfandl. „Sie sind mitgefahren? Habe ich gar nicht bemerkt."

Böld antwortete nicht.

Er lag rücklings, und seine Haltung war unbequem.

„Um Himmels willen!" schrillte in diesem Moment eine Frauenstimme. „Er ist aus dem Fenster gestürzt. Auf den Heuwagen. Er ist tot. Tot!"

Vom Portal her rannte Gertrud Dölme, die Schloßherrin, herbei.

Sie trug ihren rosé-farbenen Gymnastik-Anzug und ein ebensolches Stirnband. Denn sie hatte – wie jeden Vormittag – im Gymnastikraum komplizierte Übungen ausgeführt – gegen den Speckansatz an Oberschenkeln und Hüften.

Durchs Fenster war sie Zeugin geworden, wie Böld im freien Fall auf dem Heuwagen einschlug.

„Wie eine Bombe", erklärte sie später dem untersuchenden Kriminal-Inspektor Ludloff. „Ein bißchen ist er wieder hochgehüpft, und die Halme schwirrten. Gesehen habe ich nur das Ende des Sturzes, den Aufschlag. Nicht den Anfang – oben aus dem Fenster."

Jetzt kreischte sie so furchtbar, daß der Gaul nervös mit den Hufen scharrte. Pfandl mußte kräftig am Zügel ziehen.

„Da ist es aber ein Glück, Frau von Dölme", meinte er – als seine Geldgeberin hatte er sie in den Adelsstand erhoben, „daß ich akkurat jetzt zur Sekunde hier unterm Fenster bin. Sonst wäre der Herr Böld nicht so kommod (*bequem*) aufgeschlagen, und den Leichnam hätten wir zusammenklauben müssen."

„Schweigen Sie, Pfandl!" schrie Gertrud.

In fünf Meter Entfernung blieb sie stehen.

„Tun Sie doch was, Pfandl! Ich ... ich kann Tote nicht sehen."

Pfandl machte die Zügel fest, kletterte aufs Heu, zerrte an Böld rum und legte das Ohr auf dessen Brust.

„Hah, er lebt noch, Frau von Dölme!" rief er. „Das Herz schlägt. Er schnauft (*atmet*) auch. Aber schwach."

Böld lebte.

Doch seine Bewußtlosigkeit war tiefer als der Sturz und dauerte an.

Später stellte sich schwere Gehirnerschütterung heraus – mit enormen Prellungen an der grauen Masse. Er verharrte tagelang in einem Dämmerzustand und war nicht vernehmungsfähig.

Angelockt von dem Geschrei kam Wilhelm Dölme herangeschlurft, gestützt auf seinen Blindenstock und geführt von Pirat, seinem scharfen Dobermann-Rüden.

Nachdem er seine Schwiegertochter angebrüllt hatte, stellte sie ihre Hysterie ab und gab Auskunft.

Wilhelm veranlaßte, daß die Ambulanz gerufen wurde und – vorsorglich – auch gleich die Polizei.

Denn Betrunkene wie Böld, sagte er sich, haben im allgemeinen Schutzengel, kommen nicht unters Auto und fallen nicht aus dem Fenster. Hatte ihn jemand geschubst?

Unmittelbar nach dem Krankenwagen, der sofort zur Stelle war, traf ein weißer Lancia ein.

Wilhelm erkannt ihn am Motorklang.

Da kam sein Freund Gregor Rübsam.

Mit ihm kamen, selbstverständlich, Locke und Tom.

15. Turmtür – von innen verschlossen

Die Sanitäter legten den Bewußtlosen auf eine Trage und schoben ihn in den Krankenwagen.

Der Notarzt blickte zu dem geöffneten Fenster hoch und schüttelte den Kopf.

Locke, Tom, Dr. Rübsam, Pfandl, Gertrud und Wilhelm – mit Pirat neben sich – bildeten einen Halbkreis.

Alle blickten hinauf.

Sogar der Dobermann hatte den Kopf gehoben.

Lediglich Wilhelm hielt seine Augen, die nur noch hell und dunkel unterschieden, gesenkt.

„Wir fahren. Servus!" sagte der Notarzt und stieg in den Krankenwagen.

„Pfeilgrad ist er runtergekommen", sagte Pfandl. „Pfeilgrad! Wäre ich ein Stückl weiter hinten gewesen, hätte er mich erschlagen, der ..." Saufsack! wollte er sagen. Stattdessen vollendete er mit: „... Herr Böld."

„Gehen Sie an Ihre Arbeit, Pfandl", sagte Wilhelm. „Im Leben geht es oft um Haaresbreite."

Rübsam hatte Tom und Locke vorgestellt, aber angesichts der Situation nichts über den Grund des Besuches gesagt.

Als er jetzt nach Sieglinde fragte, antwortete Gertrud, sie sei zum Einkaufen in die Stadt gefahren, aber sicherlich gegen mittag zurück.

„Ich dusche mal schnell und ziehe mich um", sagte sie und lief zum Portal.

Sie war eine nette, dralle, etwas rosige Person mit einem fatalen Hang zu Süßigkeiten. Gegen deren Folgen half die Gymnastik nur wenig.

„Verbrechen ist nicht auszuschließen", sagte Wilhelm und tätschelte seinem Hund den Kopf.

„Was meinst du?" fragte Rübsam.

Locke und Tom spitzten die Ohren.

Pfandl saß wieder auf dem Kutschbock, machte die Zügel los

und schmitzte mit der Peitsche, worauf sich sein Gaul umblickte. Als er merkte, daß er gemeint war, setzte er sich gemächlich in Bewegung.

„Ich meine, daß was dahintersteckt“, sagte Wilhelm. „Das habe ich auch dem Inspektor Ludloff am Telefon erklärt. Böld wollte sein Testament ändern.“

„Davon weiß ich nichts“, murmelte Rübsam. „In Bölds Privatleben kenne ich mich nicht aus. Wen hat er denn begünstigt?“

„Den Fratti. Aber weil der ein Luderleben führt – mit Glücksspiel und so, weil er Schulden macht und nichts arbeitet – deshalb soll er nun nichts kriegen.“

Rübsam erklärte dem Pärchen, wer Fratti sei.

„Eine trübe Tasse“, setzte er hinzu, „äußerlich ähnelt er Graf Drago, aber er hat nicht dessen Energie.“

„Aber seine Schlechtigkeit hat er geerbt“, sagte Wilhelm, „und er weiß, was Böld vorhat. Deshalb sage ich: Verbrechen ist nicht auszuschließen. Zum Teufel, wo bleibt die Polizei?“

Langweilig wird's hier jedenfalls nicht, dachte Tom.

Er tauschte einen Blick mit Locke, schnürte zum Turmeingang und drückte auf die wuchtige Eisenklinke.

Die Tür war verschlossen.

Er rüttelte. Sie hielt stand.

Er blickte durchs Schlüsselloch.

Der Schlüssel steckte innen.

„Wenn Böld hinuntergestoßen wurde“, sagte er, „muß der Täter noch im Turm sein. Die Tür hier ist abgeschlossen, und der Schlüssel steckt innen im Schloß. Einen zweiten Ausgang gibt 's, soweit ich feststellen kann, nicht.“

„Jedenfalls nur den, den Böld genommen hat“, bemerkte Locke trocken. „Die anderen Fenster sind alle geschlossen.“

In diesem Moment rollte ein Gendarmerie-Wagen über die Zugangsstraße heran und hielt bei der Gruppe.

Kriminal-Inspektor Ludloff und dessen Assistent Böcklein stiegen aus.

Ludloff war knapp mittelgroß und füllig. Manchmal trug er auch im Dienst Lederhosen, um seine enorm muskulösen Waden vorzuführen, die er sich beim Bergsteigen erworben hatte.

Heute war er in einen etwas zu engen Anzug gehüllt.

Böcklein hatte sich die Haare mit Wasser gekämmt. Er wußte, wie unscheinbar er war, daß er in einer Dreier-Gruppe bereits unterging wie Luft. Inzwischen hatte er Unscheinbarkeit und Unauffälligkeit zu einem Begriff vermengt und ihn sich wie einen Orden angeheftet. War das doch, wie er fand, für einen Kriminaler die ideale Tarnung.

„Mein Vater kennt Sie", sagte Locke zu Ludloff, als die Bekanntmachung stattfand: „Gunter Rehm."

„Ah, der Herr Rehm!" rief Ludloff erfreut. „Ich schätze ihn sehr, Fräulein Nina. Das war phantastisch, damals, als wir hier ... jaja! Er ist wohlauf? Wie schön! Von Böld", wandte er sich an alle, „kann man das leider nicht sagen. Wir sind der Ambulanz begegnet. Dr. Kranzbichler meint, an Vernehmung ist vorläufig nicht zu denken. Über Bölds Blutalkoholgehalt konnte er noch nichts sagen. Aber Ihr Hinweis, Herr Dölme, ist goldwert. Ich bin da völlig Ihrer Meinung. Außerdem wurde Graf Dragos Sohn gestern abend im Gasthaus Post mit einem Kerl gesehen, der polizeibekannt ist. Nicht hier, aber in Innsbruck. Ein gewisser Matzl. Vorbestraft und als gefährlich eingestuft. Sollte mich nicht wundern, wenn da ... aber das kriegen wir schon raus."

Böcklein stand etwas abseits und verschlang Locke mit Blikken.

Mit ihrem Strohhut sah sie aus wie eine Alpenprinzessin.

Tom bemerkte Böckleins Begeisterung und ließ ihm die Freude. Denn es war nichts Aufdringliches im Verhalten des Kriminal-Assistenten.

„Machen wir uns an die Untersuchung!" sagte Ludloff zu ihm.

„Dürfen wir zusehen?" fragte Tom.

Ludloff zögerte kurz, nickte dann aber. „Wenn ihr nichts anrührt."

Pirat beschnupperte Toms Jeans-Beine. Natürlich roch er Nicki. Der schien ihm sympathisch zu sein, denn der Schwanzstummel deutete ein Wedeln an.

„Gehen wir erstmal rein, Gregor!" wandte sich Wilhelm an seinen Freund. „Auf den Schreck brauche ich einen Birnengeist. Du doch auch?"

„Aber immer."

Als die beiden Oldies absockten, drehte sich Rübsam um.

„Zum Rezept", sagte er, „gehört das aber nicht. Klar?"

„Verstanden", lachte Locke.

„Zum Wohl – trotzdem!" rief Tom.

Sie mußten die Turmtür aufbrechen.

Tom entdeckte eine Eisenstange, die sich dazu eignete. Er half, da sich Böcklein dümmer anstellte, als es bei der Polizei erlaubt ist.

Ludloff ging voran.

Sie stiegen viele Stufen einer steinernen Wendeltreppe hinauf. Zwei hohe, nahezu leere Räume befanden sich unter Bölds Apartment.

Keine Menschenseele zeigte sich. Auch im Apartment war niemand.

Tom, weil der Schnellste auf den Beinen, jagte hoch in den darüber liegenden Raum, eine Art Abstellkammer. Sie bot keine Möglichkeit, sich zu verstecken. Damit stand fest, daß sich niemand im Turm befand.

„Es ist ein Unfall", sagte Böcklein. „Glauben Sie's doch, Chef. Ein Unfall! Eventuell ein Selbstmordversuch."

„Der Typ ist Edmund Böld nicht", widersprach Ludloff. „Trotz seiner Trinkerei war er körperlich in Ordnung und geistig auch. Sieht man mal ab von gelegentlichen Schwindelanfällen. Die hatte er, wenn er nüchtern war."

„Sehen Sie! Das erklärt's doch! Genau deshalb ist er aus dem Fenster gestürzt."

Deshalb Olaf, hat er sich raus-gebeugt.

Locke beugte sich hinaus und sah hinunter.

Gräßlich! dachte sie. Diese Höhe! Daß er das überlebt hat. Die Feuerwehr sollte statt des Sprungtuchs Heuhaufen nehmen.

„Böld ist groß", spann Böcklein seinen Gedanken weiter. „Wenn er sich weit hinaus beugte, war er zu zwei Drittel draußen. Dabei ist es passiert. Er kippte. Außerdem hatte er bestimmt einen Brummschädel. Und der zieht sowieso runter."

Tom betrachtete die vollen und leeren Weinflaschen.

Hier sah's aus wie in einer Probierstube für Weinverkoster.

Während Locke die Bilder an der Wand betrachtete – sie zeigten ausnahmslos Schiffe in schwerer See oder beim Untergang – trat Böcklein ans Fenster.

Da er nicht schwindelfrei war, beugte er sich ganz vorsichtig hinaus.

Durch seine Oberlehrerbrille sah er nach links.

„Deshalb, Chef, hat er sich rausgebeugt", rief er. „Scharf links sieht man den Storchenberg. Dort ist heute nacht Neuschnee gefallen. Jetzt scheint die Sonne drauf, und er glänzt. Das hat Böld sehen wollen. Wirklich, Chef! Es ist kein Verbrechen. Unmöglich!"

„Sie urteilen zu schnell", lächelte Ludloff. „Was Sie hier sehen, spricht für Ihre Annahme. Aber ich kenne Böld. Oft genug hat er in letzter Zeit wegen seines nichtsnutzigen Neffens gejammert. Doch er weiß nicht, wie übel der wirklich ist. Nein, nein! Davon bringen Sie mich nicht ab, Böcklein. Bedenken Sie doch! Fredericus Attila von Pfählingen hat ein starkes Motiv."

„Ja, das Geld."

Die beiden, dachte Tom, scheinen grundsätzlich unterschiedlicher Meinung zu sein. Wohl, damit der Dienst nicht so langweilig wird.

„Hat Böld sein Testament schon geändert?" fragte er.

„Wahrscheinlich noch nicht."

„Wer wäre der nächste Erbe?"

„Keine Einzelperson. Ich glaube, Böld erwägt, sein beträchtliches Vermögen einer Universität zu hinterlassen – für wissenschaftliche Zwecke."

„Was nicht das Schlechteste wäre", meinte Locke. „Vorausgesetzt, daß keine Tierversuche gemacht werden."

Tom blickte umher und begleitete das mit einer Handbewegung.

„Angenommen, Böld wurde hinausgestoßen – wie ist dann der Täter entkommen?"

Ludloff kratzte sich am Kopf. „Das weiß ich noch nicht. Vielleicht gibt es unten einen Geheimgang – oder sowas. Die alten Gemäuer ... da weiß man nie."

Der spinnt! dachte Tom. Das glaubt er doch selbst nicht. Aber er macht sich wichtig. Nur um seinem Assi zu zeigen, wer der Boss ist. Gunter hat recht. Das Gelbe vom Ei – Ludloff hat's nicht erfunden.

Nach Spuren und Geheimgängen suchten sie vergeblich. Aber das entmutigte den Inspektor nicht.

„Wir werden", sagte er zu Böcklein, als sie zu viert die Treppe hinabstiegen, „einen Lauschangriff machen. Eigentlich dürfen wir das nicht. Aber ich brauche Beweise."

„Sie wollen ein Abhörmikrofon einsetzen?" fragte Böcklein verstört.

„Eine Wanze. Richtig! Am besten", er lachte, „ich klebe sie Fratti unter die Nase. Geht leider nicht. Aber ganz bestimmt werde ich ... naja ... Darüber denke ich noch nach."

Dann fiel ihm was ein, und er drehte sich zu dem Pärchen um. „Ihr habt nichts gehört, nicht wahr?"

„Wie könnten wir", sagte Locke.

„Kein Wort", meinte Tom.

16. Sieglindes Bescheidenheit

Sieglinde Schnuck, wie sie sich jetzt nannte, kam mit ihrem Kleinwagen aus der Stadt zurück.

Sie hielt vor dem Eingang des Westtraktes, wo sich ihre Zwei-Zimmer-Wohnung befand.

Als sie den vollgepackten Einkaufskorb aus dem Kofferraum holte, traten Rübsam und das Pärchen aus dem Portal.

Gertrud und Wilhelm Dölme blieben in ihren Gemächern – wie die Schloßherrin Dölme ihre vier Wände nannte.

Worum es ging, wußten sie. Rübsam hatte berichtet. Sieglindes Lebensgeschichte war den Dölmes ohnehin bekannt – um so sensationeller für sie die Entdeckung des Zigarettenetuis.

„Gregor!" rief Sieglinde erfreut und setzte den Korb ab. „Besuchst du mich endlich mal wieder!"

Der greise Arzt wurde auf die Wange geküßt.

Man sah ihm an, daß er wirklich viel darum gegeben hätte, nochmal 80 zu sein.

Er stellte Locke und Tom vor.

Sieglinde wirkte jünger als 59, hatte ein zartes Gesicht mit tiefblauen Augen, die weit auseinander standen, und blondes Haar in mittlerer Länge. Sie trug ein blaugraues Trachtenkostüm mit violetter Bluse.

„Wir überfallen dich unangemeldet", sagte Rübsam. „Aber meine jungen Freunde haben dir was mitgebracht. Bittest du uns rein? Ich möchte, daß du weich fällst – nämlich auf deine Teppiche, wenn du ohnmächtig wirst."

„Das hört sich gefährlich an", lachte sie. „Aber ich kenne dich, Gregor: Hinter solchen Ankündigungen steckt meistens ein Spaß."

„Ein Spaß ist es nicht." Rübsam wurde ernst. „Vielleicht bricht eine alte Wunde auf. Naja … Also?"

„Kommt rein."

Tom schnappte sich den Einkaufskorb.

Er war ungefähr halb so schwer wie seine 25-Kilo-Hantel.

Sieglindes Wohnzimmer war gemütlich und in fröhlichen Farben eingerichtet. Sie bot Fruchtsaft an. Dann, als alle gruppiert um den Cocktailtisch saßen, kam der große Moment.

Locke nahm das flache Päckchen aus ihrer Umhängetasche.

Wegen der Feierlichkeit hatte sie das Zigarettenetui in eine hübsche Papierserviette gehüllt.

„Für mich? Oh, es ist schwer."

Sieglinde hielt das Geschenk in der Hand, lächelte unsicher und begann das Papier zu öffnen.

Sie ahnt nichts, dachte Tom. 40 Jahre sind ja auch eine verdammt lange Zeit.

Die Serviette fiel zu Boden.

Sieglinde starrte auf das Etui in ihren Händen.

Dann hob sie den Blick.

„Falls du ohnmächtig wirst", sagte Rübsam, „keine Sorge! Ein erfahrener Quacksalber ist an deiner Seite."

Erschreckte Augen waren auf Locke gerichtet.

„Das ... Ich ... erkenne es."

Keiner sagte was.

Sieglindes Hände zitterten, als sie das Etui von einer Hand in die andere nahm – mehrmals wechselte, als wäre es zum Anfassen zu heiß.

Sie sah Locke an, und der Blick wanderte weiter zu Tom.

„Woher habt ihr das?"

„Es ist eine irre Geschichte", sagte Rübsam. „Ich konnte die halbe Nacht nicht schlafen – so hat mich das aufgeregt. Alles, was dich betrifft, Sieglinde, habe ich Locke und Tom erzählt. Jetzt seid ihr dran", wandte er sich an die beiden.

Sie berichteten abwechselnd.

Sieglinde vergaß fast zu atmen.

Schließlich öffnete ihr Tom das Etui, weil das nicht ganz einfach war für lackierte Damennägel; und Sieglinde las den Hilferuf, den sie vor 40 Jahren in höchster Not geschrieben hatte.

Tränen traten ihr in die Augen. Sie schnüffelte und schneuzte sich.

„Mein Gott!“ sagte sie. „Man denkt, es ist abgeschlossen – und vergessen. Zu den Akten gelegt für immer. Und dann taucht sowas auf. Wie ein Gespenst der Vergangenheit. Damals hat sich mein Leben entschieden. Ich bin einen guten Weg gegangen. Nicht den des Geldes. Wer weiß, wie alles gekommen wäre, hätte ich Pingus von Pfählingen vor seinem Tode noch gesprochen. Wir haben oft Vermutungen angestellt, Gregor, nicht wahr, ob er mir geglaubt hätte. Du meinst – ja. Ich bin skeptischer. Mir ging's ja damals nicht darum, mir das Erbe zu sichern. Ich hätte gar nicht gewußt, wie ich das Vermögen verwalten soll. Ich wollte nur, daß er menschlich nicht enttäuscht ist von mir. Er hat mir Falschheit vorgeworfen, Hinterlist und Niedertracht. Als hätte ich es darauf angelegt, ihn lächerlich zu machen in seiner verkorksten Adelswelt. Mit diesem Gefühl der Enttäuschung ist er gestorben. Das tut mir heute noch leid. Den Millionen trauere ich nicht nach.“

„Sehr hochherzig“, sagte Tom. „Aber ein angreifbarer Standpunkt.“

Sie hob die Brauen. „Wieso?“

„Wohin kämen wir“, sagte Locke rasch, „wenn jeder, der Charakter hat und sich aus Geld nicht viel macht, gleich die Waffen streckt.“

„Hast du das gemeint, Tom?“ fragte Rübsam.

„Genau.“ Tom grinste. „Locke und ich sind aufeinander abgestimmt – innerlich und im Hinblick auf Wertmaßstäbe.“

„Denn wir meinen“, sagte Locke zu Sieglinde, „daß Sie mit Ihrer selbstlosen Einstellung und ererbtem Vermögen viel Gutes bewirkt hätten.“

„Durch Spenden, zum Beispiel“, nickte Tom. „Spendet Graf Drago?“

Rübsam und Sieglinde lächelten. Der Gedanke schien unvorstellbar zu sein.

„Dachte ich's mir“, nickte Locke. „Was macht er denn mit der Kohle, von der ihm rechtmäßigerweise sicherlich nur die Hälfte gehört?“

Sieglinde zuckte zusammen.

„Pst!“ machte Rübsam.

„Ich sag’s ja nicht öffentlich“, meinte Locke. „Nur hier unter uns. Also – was macht er mit dem Geld?“

„Er läßt sich’s wohl sein“, lachte Rübsam.

„Und verwöhnt seinen Nachwuchs“, mutmaßte Tom, „der – wie wir heute schon mehrfach hörten – der allerletzte Charakter-Zombie zu sein scheint.“

„Ist er“, nickte Rübsam. „Aber verwöhnt wird er nicht. Drago hält ihn kurz – kürzer geht’s nicht. Vielleicht kann er ihn nicht leiden. Vielleicht will er ihn hart machen. Keine Ahnung. In gewisser Weise schotten sich die Burgbewohner ab. Was sie dort oben treiben, sickert nur tröpfchenweise durch.“

Tom trank einen Schluck Fruchtsaft aus seinem Glas. Kirsche, stellte er fest. Schmeckt!

„Es ist natürlich nicht zu erwarten“, sagte er, „daß wegen des Etuis die Kripo nun im Aktenkeller stöbert und einen 40 Jahre alten Fall ausgräbt, der schon damals – als er noch heiß war – die Ermittler wenig ermutigte. Wahrscheinlich ist nichts drin in der Akte – falls sie überhaupt noch existiert. Ich glaub’s ja inzwischen, daß im ersten Nachkriegsjahr das Chaos zum Alltag gehörte. Aber mich stört es gewaltig, daß ein so hundsgemeines Verbrechen ungesühnt bleibt.“

„Ich bin mit dem Leben davongekommen“, sagte Sieglinde. „Dafür war ich dankbar.“

„Ihre adeligen Vorfahren, Frau Schnuck“, murmelte Tom, „haben bestimmt keine Kriege angefangen. Oder Sie – Verzeihung! – sind total aus der Art geschlagen.“

Rübsam lachte.

Sieglinde wußte nicht, wie sie die forsche Feststellung auffassen sollte, und hob die Achseln.

„Wir sind zwar nach Bad Gahstfrey gekommen“, sagte Tom, „um diesen Nolde zu kaschen und unsere 5000 Mark wiederzukriegen. Aber darüber hinaus – was, Locke? – würden wir uns den Ladislav, genannt Drago, gern mal ansehen.“

„Besonders seinen linken Arm“, nickte Locke. „Vielleicht ist dort eine Meerjungfrau tätowiert, die auf dem Fischschwanz balanciert und Lisa heißt.“

Sieglinde lächelte. „Also auch das hat Gregor euch erzählt. Auf deine alten Tage“, wandte sie sich an ihn, „wirst du zur Plaudertasche und wiegelst die Jugend auf.“

Dann schüttelte sie energisch den Kopf. „Mein Kerkermeister war untersetzt und wuchtig, kaum größer als ich. Drago ist lang und dürr. Wer weiß, ob der Tätowierte noch lebt.“

„Wenn ja, dann ist er auch 40 Jahre älter geworden“, sagte Tom nachdenklich. „Aber das macht die Auswahl nicht kleiner, wie?“

„Der Bevölkerungsanteil der über 60jährigen“, nickte Locke, „wird im deutschsprachigen Raum immer größer, ist zur Zeit schon sehr hoch. Aber das soll uns von Nachforschungen nicht abhalten.“

17. Großvaters Liebling kommt

Tom hatte seinen Platz so gewählt, daß er aus dem Fenster sehen konnte.

Das Gespräch schweifte etwas ab. Sieglinde und Rübsam erörterten die ungesunde Entwicklung innerhalb der Bevölkerung, die – wegen Geburtenrückgangs – allmählich überaltere.

Tom hörte nur mit einem Ohr hin.

Seine Aufmerksamkeit war nach draußen gerichtet.

Er konnte den Turm sehen.

Pfandl war eben dort aufgetaucht und sammelte das Heu ein, das der Wagen vorhin verloren hatte.

In diesem Moment kam hinter den krüppeligen Nadelsträuchern des Vorplatzes ein Typ hervor.

Er blickte nach links und nach rechts. Dann trollte er zu Pfandl, der ihn erst bemerkte, als er von ihm angesprochen wurde.

Sie unterhielten sich.

Pfandl deutete zum Turmfenster hinauf. Mit einer Hand beschrieb er die Flugbahn.

Von der Polizei, dachte Tom, ist der nicht. Von der Presse? Kaum.

Er stand auf.

„Da draußen löchert einer den Gärtner mit Fragen. Mal sehen, was ihn das angeht."

Rübsam und Sieglinde traten ans Fenster.

Locke folgte ihrem Freund vor die Tür.

Der Typ, der sich mit Pfandl unterhielt, mochte Ende Vierzig sein, war bullig und hatte Stoppelhaare.

Als er merkte, daß Tom und Locke antrabten, wandte er sich ab und schnürte eilig zur Zugangsstraße, wo sein Motorrad parkte. Er schwang sich drauf und fuhr los.

„Wer war denn das?" fragte Tom.

„Seinen Namen habe ich nicht genau verstanden", Pfandl hob die Achseln. „Atzl oder Pratzl."

„Vielleicht Matzl?“ Tom war überrascht.

„Ja. Richtig. Matzl. So heißt er wohl.“

„Und was wollte er?“

„Er fragte nach einem gewissen Waldemar Havliczek. Ob der hier im Turm wohne, wie er gehört habe. Der Waldemar sei nämlich ein alter Freund von ihm – den wolle er besuchen. Ich sagte, nein, hier wohnt kein Waldemar Havliczek, sondern Edmund Böld. Aber der ist vorhin aus dem Fenster gestürzt, sagte ich, und jetzt im Krankenhaus. Wobei er noch Glück gehabt hat, daß ich mit dem Heuwagen da war.“

„Hat er was gefragt?“ Tom war wie elektrisiert.

„Neugierig war er. Wollte genau wissen, wie es passiert ist. Ich sagte ihm, das sei noch ungeklärt. Und der Böld könne gar nichts dazu sagen, weil er erstens bes...beschwipst war und zweitens im Komma liegt.“

„Im Koma“, sagte Locke, „was kein Satzzeichen ist, sondern eine durch nichts zu unterbrechende Bewußtlosigkeit, liegt er hoffentlich nicht. Denn das Koma ist manchmal die Vorstufe zum Tod.“

Pfandl nickte. Ob er begriffen hatte, blieb offen.

Locke und Tom gingen zurück.

„Was sagst du dazu“, meinte Locke. „Ludloff erzählt, dieser Fratti wäre mit einem Vorbestraften namens Matzl gesehen worden. Und Matzl macht hier lange Ohren. Steckt doch ein Verbrechen dahinter? Treibt es Matzl zum Tatort zurück?“

„Keine Ahnung. Irgendwie paßt das alles nicht zusammen. Schade, daß wir zu spät eingetroffen sind. Pfandl ist unterbelichtet, Gertrud Dölme die Aufregung in Person. Könnte ein Täter an ihnen vorbeigeschlüpft sein? Was heißt vorbeigeschlüpft? Er müßte sich aus dem Fenster abgeseilt haben. Zum Teufel, das hätten sie doch bemerkt.“

„Du mißt sie mit unseren Maßstäben“, lachte Locke. „Müssen wir Ludloff Bescheid geben?“

„Später vielleicht. Wenn wir Zeit haben.“ Er grinste. „Zunächst gefällt es uns doch hier ausgezeichnet.“

Sieglinde und Rübsam waren vom Westflügel herübergekommen und standen jetzt vor dem Portal auf der Treppe. Großvater Wilhelm und Gertrud Dölme hatten sich dazu gesellt. Pirat, der Dobermann, war nicht dabei.

Die Schloßherrin hatte ihre Gymnastikkluft gegen ein herbstfarbenes Kleid vertauscht. An dem war jede Möglichkeit genutzt worden, die Trägerin schlank erscheinen zu lassen.

„Wir haben uns was überlegt", sagte Rübsam – und machte ein Gesicht, als halte er für undenkbar, daß es auf der Welt böse Menschen gebe.

„Nämlich?" fragte Locke, denn diese Miene der Harmlosigkeit ließ das Schlimmste befürchten.

„Nun, wir pflegen zwar keinen gesellschaftlichen Umgang mit Graf Drago." Rübsam lächelte. „Aber schließlich hat er damals eine halbe Million Reichsmark für Sieglindes Freilassung bezahlt. Da wird es ihn natürlich berühren, wenn er das Etui sieht. Nicht wahr?"

„Ganz bestimmt!" nickte Tom. Und dachte: Sieh sich einer den Oldie an! Hat Unternehmungsgeist, an den viele Junge nicht tippen können.

„Es wäre geradezu unfreundlich", sagte Locke, „wenn wir ihm das vorenthielten."

„Außerdem", sagte Rübsam, „könnt ihr bei der Gelegenheit die Burg mal von innen sehen – und vielleicht auch den Fratti kennenlernen. Wer und was da sonst noch fleucht und kreucht, erzählen wir euch auf der Hinfahrt."

„Aber erst nachher", wandte Gertrud Dölme ein. „Wir essen doch zusammen. Es gibt gespickten Rehrücken. Das ist Stepankas Lieblingsessen. Sie muß jeden Moment hier sein."

„Ihre Tochter?" Locke erinnerte sich, daß Rübsam eine Stepanka Nicoletta erwähnt hatte, die 21 sei, in Wien lebe und irgendwas studiere.

„Sie wird euch gefallen", nickte Gertrud, und ein Hauch von mütterlichem Stolz überquerte ihr Gesicht wie ein flüchtiges Lächeln.

Rübsam, der etwas hinter ihr stand, zuckte kurz mit den Achseln.

Das sah abfällig aus.

Sieglinde bemerkte es und stieß ihn sanft in die Rippen.

„Sie ist mein Liebling", ließ sich Großvater Wilhelm vernehmen. „Nur schade, daß sie Hunde nicht mag. Und die Hunde – wie das dann so ist – mögen sie nicht. Jedenfalls muß ich Pirat immer in den Zwinger bringen. Hinterm Haus."

Er wies mit dem Daumen über die Schulter.

Aber da er verkehrt stand, zeigte der Daumen zur Stadt.

Nicht nur das war falsch.

„Hinterm Schloß, Vater!" wurde er von Gertrud korrigiert. „Wir wohnen nicht in einem Haus. Wir wohnen in einem Schloß."

„Ist mir doch schnurz, Trudi! Ich sehe ohnehin nichts. Und in einem Bungalow hätte ich sicherlich nicht so lange gebraucht, um mich zurechtzufinden."

„Es ist herrlich, in einem Schloß zu wohnen", beharrte sie. „Dazu muß man ... geboren sein."

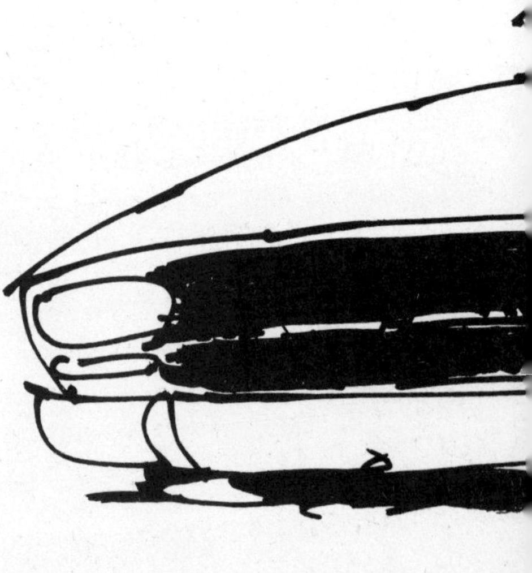

„Ach, Quatsch!“ knurrte er und stieß seinen Stock auf den Boden. Dann reckte er den Kopf in Richtung Zugangsstraße. „Ist das ihr Wagen?“

Tatsächlich näherte sich dort ein kleiner, englischer Sportwagen. Er leuchtete rot in der Sonne, die schon recht hoch stand, denn es ging auf Mittag.

„Sie ist es“, jubelte Gertrud – und wäre fast die Treppe hinuntergefallen, weil sie wegen des engen Kleides den Schritt verstolperte.

Mag keine Hunde! Wird von Hunden nicht gemocht! Locke tauschte mit Tom einen Blick.

Fräulein Stepanka wird sich aber bei uns sehr ins Zeug legen müssen, dachte sie, wenn da ein Blumentopf für sie rausspringen soll.

Sogar Großvater Wilhelm tastete sich mit seinem Blindenstock die Treppe hinunter.

Tom wollte ihm nach und behilflich sein.

Aber Rübsam hielt ihn zurück.

„Laß ihn. Er macht das lieber selber."

Der Sportwagen wurde scharf gebremst. Kies flog durch die Landschaft.

Eine etwas schrille Stimme fragte durchs Fenster: „Ist der Köter im Zwinger?"

„Er ist unter Verschluß!" rief Wilhelm. „Willkommen, meine Kleine."

„Ich glaube, ich erzählte es schon." Rübsam sprach so leise, daß nur Locke, Tom und Sieglinde verstanden. „Wilhelm sammelt Schmuck. Sammelte – muß ich sagen. Als er noch sehen konnte, hat er einen wahren Schatz angehäuft. Geld war immer genug da. Er war Großfabrikant von Einlegesohlen und Heizdecken. Damit hat er ein Vermögen gemacht. Den ganzen Schatz soll nun mal sein kleiner Liebling erben. Von Stepanka habe ich leider den Eindruck, daß sie den Zeitpunkt gar nicht erwarten kann."

„Das darfst du nicht sagen, Gregor!" wurde er von Sieglinde getadelt.

Aber es klang lahm. Überzeugung steckte nicht dahinter.

18. Schmeicheleien

Das Mittagessen wurde im sogenannten Jagdsalon eingenommen. Vermutlich hieß er so wegen der vielen Trophäen (*Geweihe*) an den Wänden. Die unvergänglichen Überreste einiger kapitaler Hirsche waren darunter. Hauptsächlich aber handelte es sich um das Gehörn gemeuchelter Gemsen. Alle zusammen betätigten sich enorm gut als Staubfänger.

Tierfreundin Locke sah sich mißbilligend um. Sie haßt alles, was Tieren Leid zufügt. Ebenso wie Tom kann sie nicht begreifen, daß es Typen gibt, die das Verfolgen und Töten wildlebender Tiere zum Sport erklären – sogar noch edel nennen – und Halali blasen nach erfolgter Abschlachtung des Wildbrets aus der Entfernung.

An der Tafel saß sie zwischen Sieglinde und Rübsam.

Tom wurde ein Platz neben Stepanka Nicoletta zugewiesen.

Großvater Wilhelm hatte sich gegenüber seiner Enkelin niedergelassen und bekleckerte sein Hemd bei jedem Bissen mit Soße.

Traurig! dachte Locke, denn er sieht's ja nicht. Wenn die Soße richtig heiß wäre, würde er's vielleicht merken.

Locke sagte, daß sie sich fleischlos ernähre, lehnte den Rehrücken ab, aß aber anderthalb Klöße – was für ihre Verhältnisse fast eine Freßorgie ist.

„Hach, Großväterchen!" sagte Nicoletta. „Gestern bin ich in Wien einem Herrn begegnet, der dir irgendwie ähnelte. Fast hätte ich mich in ihn verliebt."

Locke hielt ihre Gabel ganz fest, sonst wäre sie ihr vor Schreck aus der Hand gefallen.

Tom zeigte seine eiserne Miene. Nur ganz selten maskiert er sich damit: Beim Karate-Duell, wenn er aufs Ganze geht; oder wenn ihn – innerlich – sein Zeisig boxt, und er nicht glauben kann, was er hört.

Wilhelm lachte. „Du darfst dich verlieben, meine Kleine. Ich gebe dir die Erlaubnis."

Gertrud kicherte. Sie saß am Kopfende der Tafel, hatte vier dicke Scheiben Rehrücken auf dem Teller und freute sich auf den Nachtisch.

„Wie geht's denn so in Wien?" fragte Rübsam.

„Danke." Stepanka aß in winzigen Bissen. „Ich fühle mich wohl dort. Es ist nicht so hinterwäldlerisch wie hier."

„Na ja!" meinte Rübsam.

„Was studierst du denn?" fragte Locke.

Selbstverständlich duzte sie die Dölme-Tochter.

„Ich studiere nicht. Ich bin Hostess."

Ein kühler Blick ruhte auf Locke. Aber Stepankas Mund lächelte.

Ein Lächeln wie ein Acht-Mark-Schein, dachte Tom, während er zur Seite blickte. Durch und durch falsch.

Das Pärchen hatte nicht lange gebraucht, um die 21jährige einzuschätzen.

Stepanka war groß, schlank und schick. Null Ähnlichkeit mit Mutter Gertrud – und ebensowenig sicherlich mit dem verstorbenen Vater, der rollenden Kugel – wie Rübsam geäußert hatte.

Stepanka war zweifellos hübsch mit ihrem schmalen Gesicht, der geraden Nase und den großen grauen Augen. Ihr breiter Mund hatte ziemlich dünne Lippen, zeigte aber ständige Bereitschaft zu einem nichtssagenden Lächeln. Sie hatte langes, honigblondes Haar und war stark geschminkt.

Während der ersten zehn Minuten hatte sie ihren Großvater nicht aus den Fängen gelassen.

Sie hielt seine Hand, hakte sich ein, wich ihm nicht von der Seite. Ob er noch Herzbeschwerden habe, fragte sie; und jedes zweite Wort war eine Schmeichelei.

Sie tut was für den Schmuck, den sie erben wird, dachte Locke. Igitt! Ist die schleimig! Und der alte Mann merkt nichts, oder will er nichts merken?

„Du benutzt ein tolles Parfum, Stepanka", sagte Großvater Wilhelm eben.

„Weißt doch, daß das meine Leidenschaft ist“, lachte sie. „Mit Parfum gehe ich verschwenderisch um. Die teuren sammele ich geradezu.“

Für meinen Geschmack zu schwül, dachte Tom, der in ihrem unmittelbaren Duftbereich saß. Und zu schwer für die Mittagszeit. Die Stubenfliegen sind schon ganz taumelig.

Rübsam fragte, was sie denn als Hostess für Aufgaben habe.

„Oh, zur Zeit bin ich eine Art Reiseführerin durch Wien“, teilte Stepanka mit. „Nächsten Monat arbeite ich wieder auf dem Messegelände. Man lernt interessante Leute kennen.“

„Nicht solche Hinterwäldler wie hier“, lächelte Rübsam.

„Anwesende ausgeschlossen“, erwiderte sie. „Besonders einen Weltmann wie dich, Großvater, meine ich damit.“

Wieso kratzt er sich nicht? dachte Tom. Würde mir der Bauch so gepinselt – ich hielte das nicht aus.

Natürlich kam die Rede auf Sieglindes Zigarettenetui.

Tom berichtete Stepanka in großen Zügen, ohne sich mit Einzelheiten aufzuhalten. Er nannte keine Namen, und das Interesse der 21jährigen war ohnehin mehr geheuchelt als echt.

Aber sie ließ sich das Etui zeigen.

„18karätiges Gold, ja? Sehr hübsch, Sieglinde. Wieviel mag denn das wert sein?“

Sieglinde hob die Achseln. „Ich will's nicht verkaufen.“

„Natürlich nicht. Ist ja eine Erinnerung, wenn auch eine bittere.“

Wenigstens das begreift sie, dachte Tom.

„Der Kerl, dem es vor die Füße fiel“, sagte er, „ist ein übler Betrüger. Seinetwegen sind wir hier in Bad Gahstfrey. Zu Hause hat er uns nämlich – gestern – um 5000 Mark betrogen, indem er uns einen wertlosen Ring andrehte. Dabei hat er folgenden Trick angewandt ...“

Er berichtete und fuhr dann fort: „Wir sind ziemlich sicher, daß sich der Typ hier aufhält – weshalb auch immer. Wohnhaft ist er hier nicht, davon haben wir uns schon überzeugt. Und Dr. Rübsam hat heute morgen alle Freunde und Bekannten verständigt, daß sie die Augen offen halten. Manchmal hilft ja der Zufall. Der Ganove hat gefälschte Papiere auf den Namen Dr. Eberhard Rottig. Aber er heißt Otto Nolde und ..."

„Verzeihung!" sagte Stepanka.

Sie hatte nach ihrem Mineralwasser gegriffen und das Glas umgestoßen.

Jetzt fuchtelte sie mit der Serviette – wischte, was völlig unnötig war, die Überschwemmung auf.

„Otto Nolde, also", wiederholte Tom. „Und er fährt einen metallic-goldenen Renault. Ein Fuego-Coupé mit Schweizer Kennzeichen. Wir möchten Sie bitten", wandte er sich an die beiden Dölme-Damen, „unsere Nachforschung zu unterstützen. Vielleicht sehen Sie den Wagen oder hören von dem Kerl."

„Wie aufregend!" rief Gertrud. „Ich sage meinen Freundinnen Bescheid. Die sitzen den ganzen Tag in den Cafés. Vielleicht entdecken sie ihn. Wie sieht er denn aus?"

Tom beschrieb Nolde.

„Wir haben alle verständigt", sagte Rübsam, „nur die Polizei nicht."

„Auf keinen Fall!" wehrte Tom ab. „So was erledigen wir selbst. Es wäre nicht das erste Mal. Außerdem hat Inspektor Ludloff genug damit zu tun, ein Phantom zu jagen. Einen Täter, den es – wie wir meinen – nicht geben kann. Denn schließlich löst sich niemand in Luft auf. Sie haben ihm da einen Floh ins Ohr gesetzt – mit Ihrem Verdacht, Herr Dölme."

Großvater Wilhelm lächelte verschmitzt.

Sein helles Hemd wies im Brustbereich ein unruhiges Muster brauner Soßenflecke auf.

„Mag ja sein, daß ich mich irre. Aber Fratti ist ein Taugenichts, und die Sache mit der Erbschaft ist ein heißes Motiv."

„Hier in Bad Gahstfrey", sagte Locke, „scheint sich alles um Erbschaften zu drehen – angefangen vor 40 Jahren. Seltsam! Da wollen sich die Jüngeren griffeln, was die Älteren erworben haben. Ein bequemer Weg. Die Neigung, selbst was auf die Beine zu stellen, ist wohl nicht sehr ausgeprägt."

„Wo volle Kassen sind“, sagte Rübsam, „stehen die Anbieter vor der Tür. Wo Aas ist, tauchen die Hyänen auf. Wo ein Erbe wartet, sind die Schmeichler nicht weit. Das ist überall so.“

Stepanka wollte wissen, welchen Floh der Großvater dem Inspektor ins Ohr gesetzt habe.

Bisher hatte ihr niemand erzählt von Bölds Fenstersturz. Jetzt erfuhr sie von dem tragischen Vorfall.

„Der alte Saufaus!“ meinte sie – und schien nicht sehr berührt.

Zum Nachtisch gab es Schokoladenmus. Tom verzichtete, weil er Süßes nicht mag. Die andern schmausten.

Stepanka stand als erste auf.

„Ich muß noch in die Stadt. Tschüs, Großvater. Servus, allerseits.“

Locke und Tom bedankten sich bei der Schloßherrin.

Mit Rübsam und Sieglinde gingen sie zu dem weißen Lancia des Arztes. Aber nach einem Drittel des Weges blieb das muntere Pärchen ein bißchen zurück.

„Kaum hast du den Namen Nolde ausgesprochen“, sagte Locke, „da hat sie das Wasserglas umgestoßen.“

„Hm, hm. Habe auch schon nachgedacht.“

„Es kann natürlich Zufall sein. Gezittert hat sie anschließend nicht. Sie war nur sehr betulich.“

„Wäre irre, wenn sie ihn kennt.“

„Irre! Vielleicht ist er öfter mal in Wien und läßt sich die Stadt zeigen. Aber wahrscheinlich sind wir auf dem Holzweg.“

Sie beeilten sich. Rübsam und Sieglinde standen beim Wagen.

„Ich fühle mich“, meinte Sieglinde, „als müßte ich in die Höhle des Löwen. Ist wieder mal deine Schuld, Gregor, daß du mich mitschleppst. Wie lange bin ich nicht auf der Burg gewesen? Ich glaube, seit 30 Jahren nicht.“

„Von einem herzlichen Verwandtschaftsverhältnis kann man da wohl nicht reden, wie?“ meinte Tom.

„Es bestehen Spannungen wegen Kleinigkeiten", erklärte Rübsam. „Grafensohn Fratti war Sieglindes Schüler – in der hiesigen Grundschule. Ist lange her, aber Drago verzeiht dir nicht, was du seinem Sproß angetan hast", wandte er sich an Sieglinde.

„Er war so faul." Sie hob die Achseln. „Ich konnte nicht anders. Er mußte zwei Klassen wiederholen."

„O je!" lachte Locke.

„Trotzdem fahren wir jetzt zur Burg", sagte Rübsam. „Einsteigen!"

19. Bernd Behnke aus Basel

Stepanka Nicoletta Dölme lenkte ihren kleinen Sportwagen über die schmale Straße bis zum Landgasthof TEUFELSKLAMM, einem Ausflugsziel.

Es war genau 14.30 Uhr, als sie die Gaststube betrat.

Die Luft roch nach Schweinebraten und schalem Bier.

Eine Handvoll Touristen saß an den Holztischen. Eine unwillige Serviererin wartete darauf, daß endlich gezahlt werde.

„Mittagessen geht nicht mehr", sagte sie zu Stepanka.

„Aber einen Kaffee werden Sie für mich haben?"

Ein Seufzer war die Antwort. Aber davon ließ sich die Dölme-Tochter nicht abschrecken.

Sie richtete ihren Blick an der Serviererin vorbei – auf was Interessanteres, nämlich auf den Gast, der an einem Fenstertisch saß und von dort die Straße beobachten konnte.

Nolde stand auf, als sie zu ihm trat. Grinstend streckte er die Hand aus.

„Hallo, Stepanka. Hatte nicht geglaubt, daß du's jetzt schon schaffst. Nach der langen Anfahrt."

Sie entzog ihm ihre Hand. Im Grunde mochte sie Otto Nolde nicht. Er war ihr nützlich; als Ganoven-Team hatten sie sich schon ziemlich lange bewährt.

Aber menschliche Annäherung – wie er's gern gehabt hätte – lehnte sie ab.

„Seit wann bist du hier, Otto?" Sie setzte sich.

„Bin gestern angekommen."

„Und bewegst dich ungeniert auf den Straßen?"

Seine Augen verengten sich. Er sah sie an. „Weshalb sollte ich nicht?"

Die Serviererin trat an den Tisch. „Also Kaffee. Kännchen oder Tasse?"

„Ein Kännchen. Mit Tasse!" bestellte Stepanka.

Die Serviererin drehte den Blick langsam weg und auf Nolde. „Für Sie noch was?"

Hallo
Stepanka!

„Bringen Sie noch ein Bier."

Als sie gegangen war, sagte Stepanka: „Zwei Teenies sind in der Stadt, die sehr heftig nach dir suchen. Der Junge heißt Tom Conradi. Und wenn er dich in die Finger kriegt, wird er Hackfleisch aus dir machen. Das Mädchen heißt Nina Rehm."

Nolde begann zu hüsteln. „Die sind hier?" fragte er.

„Wir haben eben zusammen gegessen. Wir saßen bei meinen Leuten am Tisch."

Nolde blickte aus dem Fenster. „Verdammt! Können die hellsehen? Oder was habe ich falsch gemacht?"

„Du hast in ihrer Heimatstadt im Weekend-Hotel nach der Vorwahlnummer von Bad Gahstfrey gefragt."

„Was?" Er dachte eine Weile nach. Dann nickte er. „Alle Achtung. So eine schlaue Bande. Die beiden werden mir allmählich zum Alptraum. Ich hätte stutzig werden müssen, als sie bei den Körner-Fressern auftauchten. Da ist übrigens eine ..."

„Du sprichst von dem Zwischenfall auf dem Blohmeier-Hof", unterbrach sie ihn. „Weißt du, wessen Zigarettenetui du da gefunden hast?"

„Jetzt wird's mir unheimlich. Was weißt du darüber?"

„Das Etui gehört unserer Mieterin, der Frau Schnuck."

Den Namen kannte Nolde. Stepanka hatte ihn gelegentlich erwähnt. Aber Nolde wußte nicht, wer sich dahinter verbarg. Sieglindes Lebensgeschichte war für Stepanka kein Thema gewesen.

„Wieso? Sie ..."

Er verstummte, weil die Serviererin die Getränke brachte.

„Ich erkläre es dir ausführlich", sagte Stepanka und begann zu erzählen.

Als sie fertig war, wußte Nolde nicht, ob er lachen oder sich ärgern sollte.

„Sieglinde von Schnuckbor ist eure Frau Schnuck", meinte er schließlich, „und die Entführung war vor 40 Jahren. Wahnsinn! Bin ich also ein Risiko eingegangen für nichts; und jetzt suchen die Bullen nach mir. Scheiße!"

„Wenigstens in der Hinsicht kannst du beruhigt sein. Diese beiden Fährtenhunde haben größte Hochachtung vor sich selbst. Und großes Vertrauen in die eigenen Fähigkeiten. Die machen alles selbst. Die Polizei ist nicht im Spiel."

Er trank einen Schluck Bier. „Danke, daß du mich gewarnt hast. Meinen Verfolgern werde ich ausweichen. Den Wagen habe ich schon abgeschafft. Daß die Polizei nach ihm fahndet – damit mußte ich rechnen. Gestern abend habe ich ihn auf dem Schrottplatz zwischen die abgewrackten Autos gestellt. Wer den findet, wird sich wundern. Er ist noch ziemlich neu."

„Wo wohnst du?"

„Im Hotel Erlenhof."

„Auf welchen Namen?"

„Bernd Behnke aus Basel." Er lächelte dünn. „Ich fand die zwei B's so schön."

Stepanka schenkte sich Kaffee ein, gab Sahne hinzu und hätte beinahe auch Zucker genommen. Dann fiel ihr ein, daß sie neuerdings darauf verzichtete. Weil sie so schlank bleiben wollte, wie sie war. Ihre Mutter war ein abschreckendes Beispiel.

Sie rührte in der Tasse.

„Hast du die Imitationen mit, Otto?"

„Selbstverständlich. Deshalb bin ich ja hier."

Sie blickte auf die Bank neben ihm. Nirgendwo lag eine Tasche.

„Ist alles im Erlenhof", sagte er. „Ich hatte nicht geglaubt, daß du jetzt kommst. Und ich schleppe das Zeug nicht gern mit mir rum."

Was er Zeug nannte, waren meisterhafte Produkte seiner Goldschmiedekunst. Nachbildungen von drei erlesenen Schmuckstücken hatte er geschaffen: von einem Diamant-Diadem, einem Perlenarmband – dreireihig – mit Weißgoldschließe sowie einem zauberhaften Collier mit Smaragden und Diamanten.

Die echten Schmuckstücke waren ehemals Teil des von

Großvater Wilhelm gesammelten Pretiosen-Schatzes gewesen. Stepanka hatte sie gestohlen – so wie sie den Alten bereits seit drei Jahren bestahl. Vorgriff aufs Erbe nannte sie das.

Natürlich durfte er nichts merken. Aber da war sie zuversichtlich. Er sah ja nichts mehr. Und zeigte niemandem den Schatz. Deshalb lagen die Kostbarkeiten unberührt auf dem Samttablett in Wilhelms Safe; und sie, Stepanka, konnte sich bedienen – wie und wann sie wollte. Denn den Zettel mit der Zahlenschloß-Kombination hatte sie damals gefunden.

Witzigerweise hatte der alte Esel ihr Geburtsdatum verwendet. Er hing wirklich sehr an ihr. Sie ertrug es, obwohl es ihr immer schwerer fiel, die liebreizende Enkelin zu spielen.

Ihre Methode war einfach: Sie stahl die Schmuckstücke. Nolde fertigte Nachbildungen an. Sie legte die Nachbildungen in den Safe zurück. Nolde sorgte dafür, daß die Originale so teuer wie möglich losgeschlagen wurden. Den Erlös teilten sie sich.

„Es sind insgesamt 77 Schmuckstücke“, meinte sie nachdenklich. „Wieviele haben wir bis jetzt ausgetauscht?“

„Zählst du nicht mit? 28.“

„Dann warten also noch 49 auf uns. Darunter sind einige – du wirst staunen.“

„Nimm mal mehr als immer nur zwei oder drei.“

Sie schüttelte den Kopf. „Ich weiß doch nicht, was in dem verkalkten Schädel vorgeht. Plötzlich fällt ihm ein, er will die Klunkern befummeln. Wenn zwei oder drei fehlen – für zwei Wochen, denn alle 14 Tage bin ich ja zu Hause –, merkt er das nicht. Aber wenn das halbe Tablett leer ist, checkt selbst Großvater Wilhelm, was die Glocke geschlagen hat.“

Nolde grinste. „Eines Tages schmeißt er den Löffel weg, und du erbst eine Auswahl kostbarster Imitationen.“

„Um so glaubwürdiger werde ich versichern können, wie wenig mir an dem Geschmeide liegt. Vielleicht bin ich sogar echt traurig über Großvaters Tod.“

Sie schwiegen eine Weile.

„Heute nacht“, sagte sie dann, „lege ich die Nachbildungen in den Safe. Also müssen wir uns nochmal treffen.“

Sie verabredeten sich für den späten Nachmittag auf dem Neuen Friedhof. Als Treffpunkt bestimmte Stepanka das Grab ihres Vaters. Es war leicht zu finden. Ein riesenhafter Marmorengel breitete dort schützend Arme und Flügel aus.

„Falls ich's nachher vergessen sollte“, sagte Nolde, „wähle bitte heute nacht drei besonders aufwendige Ringe aus. So was ist bei meinen Kunden zur Zeit sehr gefragt.“

20. Ein kurzer Besuch

Dr. Rübsam benutzte keine Brille beim Autofahren, und er überschritt die zulässige Höchstgeschwindigkeit höchstens um 20 Std/km.

Der Lancia holperte über die Zugbrücke, rollte auf den Burghof und hielt irgendwo – denn es gab weder markierte Parkplätze noch Verbotsschilder.

„Tolle Burg", meinte Locke, während sie ins Freie krabbelte, „und der Name Henkersstein verrät ja, was hier in den dunkelsten Tagen der Geschichte mal los war."

„Die Geschichte kennt nur dunkle Tage", sagte Tom, „politisch gesehen. Helle Tage findest du in der Kulturgeschichte – wenn ein Künstler was schuf."

Niemand war zu sehen.

Aber dann trat ein Typ aus dem Wirtschaftsgebäude, äugte herüber und setzte bereits einen Fuß vor den andern.

Es war ein massiger, knubbelbäuchiger Typ mit feistem Schädel. So um die 60, schätzte Tom, und sicherlich kurzatmig.

Plötzlich verharrte der Feiste, drehte sich um und atzelte ins Haus zurück.

„Was hat er denn?" wunderte sich Rübsam. „Wenn wir uns in der Stadt treffen, begrüßt er mich."

„Wer ist das?" fragte Sieglinde.

Rübsams Gesicht drückte Überraschung aus. „Sag nur, du kennst ihn nicht. Das ist Fritz Quasimothke."

„Vielleicht habe ich ihn mal von weitem gesehen." Sieglinde zuckte die Achseln.

„Er ist Dragos Freund und Verwalter", erklärte Rübsam dem Pärchen, „und das seit Anbeginn. Mich wundert es sehr, Sieglinde, daß du ihm nie begegnet bist."

Der Feiste blieb unsichtbar.

An seiner Stelle kamen zwei junge Männer aus dem Haus.

„Fratti und Sascha Quasimothke", sagte Rübsam leise. „Die kennst du, Sieglinde."

„Natürlich. Sie waren meine Schüler. Aber die Erinnerung verdränge ich lieber."

Wer welcher war, darüber gab es für Locke und Tom keinen Zweifel.

Sascha ähnelte seinem Vater, war bullig und kurzbeinig, hatte den gleichen Vierkantschädel – aber bislang noch keinen Bauch.

Der Grafensohn schob sich über den Burghof wie eine Weberknecht-Spinne.

Bei dem, dachte Tom – und meinte Fratti, schlägt aber die Degeneration (*Verfall*) durch bis auf die Knochen. Vielleicht kann er an Turmwänden hochkriechen. Können Spinnen ja auch. So gesehen, käme er als Urheber in Frage – für Bölds Fenstersturz.

Unfreundliche Blicke aus beider Augen richteten sich auf Sieglinde, dann – abgemildert – auf den Arzt.

„Tag, Dr. Rübsam", sagte Fratti. „Hat mein Vater Sie herbestellt? Oder worum geht's?"

„Bestellt sind wir nicht. Aber wir wollen ihn besuchen."

„Ich bin nicht sicher, ob er Zeit hat. Fragst du mal, Sascha!"

Der andere trollte sich zum Bergfried hinüber.

Fratti musterte Tom und Locke von oben bis unten.

Tom drehte sich langsam im Kreis um. „Falls Sie überlegen, ob Sie mich kaufen sollen, muß ich Sie gleich warnen, Herr Grafensohn. Meine Augen sind von unterschiedlicher Farbe, und ich habe einen eingewachsenen Zehennagel. So was drückt – beim Wiederverkauf – auf den Preis."

„Häh?" fragte Fratti.

„Schon gut. Ich nehme an, Sie sind kurzsichtig."

Locke kicherte.

Fratti sah Sieglinde an. „Ist dein Unterricht immer noch so langweilig?"

„Langweilig war es nur damals", nahm Tom ihr die Antwort ab, „als Frau Schnuck auf Sie und Ihren Geisteszustand Rücksicht nehmen mußte."

Fratti lief rot an. Tom erwiderte den Blick.

„Bleibt friedlich, Leute!" sagte Rübsam. „Wir kommen als Besucher – nicht, um die Burg zu erobern."

An Fratti prallte das ab. Er bewegte den Mund, bis er genug Spucke gesammelt hatte.

Tom ahnte, was kommen würde, und war sprungbereit, um dem Sprühregen auszuweichen.

Aber der Grafensohn spuckte lediglich auf den Boden, womit er seine Verachtung ausdrückte. Dann balancierte er spinnenbeinig zum Wirtschaftsgebäude zurück.

„Ist der widerlich!" sagte Locke möglichst laut.

„Pst!" meinte Rübsam und blickte zum Bergfried. „Graf Drago empfängt uns."

Ladislav von Pfählingen, genannt Graf Drago, war aus dem Turm getreten, hatte sich drei Schritte von der Tür entfernt und verharrte dort.

Offensichtlich hielt er's für unter seiner Würde, ihnen entgegenzugehen. Er stieß das spitze Kinn in die Luft. Mit einer Hand vollführte er eine herrische Geste.

„Tun wir ihm den Gefallen", murmelte Rübsam und setzte sich in Bewegung. Die andern gingen mit.

„Tag, Ladislav!" grüßte der Arzt, als die Vierergruppe den Schloßherrn erreichte. „Wie ist das werte Befinden? Man hört, daß dein Wein von Jahr zu Jahr besser wird. Selbst die schlechtesten Sommer können deinen Reben nichts anhaben. Liegt wahrscheinlich daran, daß der Boden dort mit Blut getränkt ist, wie? Darf ich dir Nina Rehm vorstellen? Das ist Tom Conradi. Sieglinde kennst du ja noch."

Graf Drago nickte knapp und musterte alle. Diese Art der Beglotzung schien eine gräfliche Taktik zu sein.

„Siehst sehr gut aus, Sieglinde", sagte er, „du auch, Gregor. Was führt euch her?"

„Du erinnerst dich", sagte Rübsam, „was vor 40 Jahren war, als Sieglinde entführt wurde?"

„Schwach. Weshalb fragst du?"

„Die Sache mit dem Hilferuf in dem goldenen Zigarettenetui."

„Ah ja."

„Jetzt ist es aufgetaucht."

„Tatsächlich?"

„Nach 40 Jahren, Ladislav", sagte Sieglinde. „Ist das nicht ergreifend?"

Sie öffnete ihre Handtasche und zeigte ihm das Etui.

Er warf nur einen kurzen Blick darauf.

„Na, schön!" schnarrte seine unangenehme Stimme. „Und weiter? Willst du's mir schenken? Als Zinsen für die halbe Million, die ich damals für dich hingeblättert habe. Wenn ich das bedenke! Keine Sekunde habe ich gezögert, dein Leben zu retten. Und wie sah dein Dank aus, heh? Du hast Fratti schikaniert. Zweimal mußte er die Klasse wiederholen. Er war das Gespött der Stadt."

„Aber nicht durch meine Schuld", rief Sieglinde. „Das weißt du genau. Er war faul und unverschämt. Nicht nur bei mir. Später hat sich das fortgesetzt. Weshalb haben sie ihn denn rausgeworfen aus drei Internaten? Weshalb hat er keinen Abschluß gemacht? Weshalb lernt er nichts – sondern lungert rum ohne Beruf? Aber mich beschimpfst du? Du bist ja völlig verbohrt."

Alter Adel unter sich, dachte Tom – und hob die Hände vors Gesicht, weil er sein Lachen nicht unterdrücken konnte.

„Es ist besser, ihr geht", zischte Drago durch spitze Zähne.

Sie sahen aus wie zugefeilt, waren aber weder das noch Zahnersatz, sondern echt.

„Gehen wir!" sagte Rübsam und wandte sich ab, grußlos.

Sieglinde, Tom und Locke folgten ihm zum Lancia.

Als sie vom Burghof fuhren, standen Fratti und Sascha in der Tür des Wirtschaftsgebäudes.

Sie blickten her. Hinter ihnen erkannte Tom die bullige Gestalt des Grafenfreundes und Verwalters.

Drago stelzte zu ihnen und schien halblaut zu fluchen.

„Deprimierend (*bedrückend*)", sagte Sieglinde.

Na schön, Mahlzeit.

„Aber wir haben es versucht“, nickte Rübsam. „Ich weiß schon, weshalb ich diese Bande meide. Pingus war der letzte, mit dem man noch reden konnte. Wenigstens zeitweilig. Ich erwähnte ja schon: In seinem letzten Lebensjahr ging nicht mehr viel.“

„Wir haben völlig vergessen“, sagte Locke, „diesem Burggespenst vom Fenstersturz seines Schwagers Böld zu berichten.“

„Das interessiert Graf Drago einen feuchten Dreck“, meinte Tom.

„Deshalb soll Ludloff das machen“, knurrte Rübsam voller Grimm.

21. Heiße Spur

Matzl, der ‚Killer nach amerikanischem Vorbild', rannte in seinem Zimmer auf und ab.

Es war das Zimmer des Privatvermieters und überaus preiswert.

Während seiner Rennerei rieb sich Matzl die Hände. Seine Stoppelhaare standen steil, als käme der Wind von allen Seiten. Über das grobe Gesicht huschte ein Freudenlächeln nach dem andern.

Gibt's doch gar nicht! dachte er immer wieder. Nimmt mir der Alte die Arbeit ab. Fast jedenfalls. Böld, dir sei Dank! Ob du überlebst oder nicht, ist mir wurscht! Du hast einen Fenstersturz gemacht, daß die Rübe schallert. Für den Heuwagen kann keiner was, ich, der Killer, am wenigsten. Was Fratti in Auftrag gab, ist erledigt, hahahah. Ich sollte Blöd auslöschen. Aber er selbst ... Klatsch! Na, herrlich! Das berechtigt mich, dem blöden Lulatsch die Rechnung zu stellen. Kann ja behaupten, der Tod trete später ein – egal, was die Ärzte meinen. Die trösten ja immer, sind zuversichtlich von Beruf.

Für einen Moment setzte er sich auf das rot-weiß-karierte Bett.

Aber dann trieb ihn die Begeisterung wieder auf die Füße.

Ein lausiger Zufall also, dachte er. Uninteressant für die Bullen. Aber Fratti wird staunen. Jaja, das ist die perfekte Methode – nach amerikanischem Vorbild.

Mit dem Anruf konnte er sich Zeit lassen. Heute war Fratti ohnehin unterwegs – wie er gesagt hatte. Auf 'ner Party? Oder hatte er gesagt, er wolle nicht gestört werden? Egal. Die Mitteilung kam morgen noch früh genug. Wenn er vorher Nachricht erhielt durch die Polizei – um so besser. Er würde wissen, was dahintersteckt, und vor Hochachtung blaß werden.

Natürlich, überlegte Matzl, wird er fragen, wie ich das gemacht habe: Daß der Schlüssel innen steckt, die Tür versperrt ist und ich trotzdem nicht im Turm bin. Antwort: Meine Methode verrate ich nicht. Nur soviel: An der Tür kann man mit Magneten arbeiten.

Er setzte sich wieder aufs Bett, sprang abermals auf und beschloß, in ein Gasthaus zu gehen, um ein paar Schoppen Rotwein zu trinken.

*

Sie brachten Sieglinde zum Schloß zurück.

Stepankas englischer Sportwagen parkte vor der Treppe.

Rübsam sagte, er sei nun doch etwas erschöpft, denn schließlich hätte er die Achtzig schon lange überschritten, deshalb werde er heimfahren und sich durch waagerechte Körperhaltung wieder aufmöbeln.

Sieglinde fand das vernünftig.

„Wir begleiten Sie, Dr. Rübsam“, sagte Locke, „erstens muß ich mir die Zähne putzen, zweitens will Tom seinen Motorroller polieren, drittens können wir Frau Schnöbel nicht so lange allein lassen.“

Das Pärchen verabschiedete sich von Sieglinde. Man kam ja wieder zusammen – bald oder später.

Während sie in den Ramsbirslthaler Weg zurückfuhren, saß Tom neben Rübsam.

„Sie haben heute früh sehr lange telefoniert, Dr. Rübsam“, sagte Locke von hinten. Sie hatte sich in die Mitte gesetzt und stützte die Ellbogen auf die Rücklehnen der Vordersitze. „Unseretwegen.“

„Es waren nur zwölf Telefonate“, nickte der Arzt. „Aber das hat sich inzwischen weiterentwickelt – nach dem Schneeballsystem. Denn allen zwölf Freunden habe ich auf der Seele gekniet, daß sie ihrerseits Bekannte anrufen und instruieren – wegen Nolde-Rottig, dem Betrüger, der wie ein englischer Kolonialoffizier aussieht.“

„Ausgezeichnet!“ sagte Tom. „Danke.“

„Hoffentlich hat's Erfolg.“

„Während Sie sich ausstrecken, drehen Locke und ich mit dem Roller ein paar Stunden durch Bad Gahstfrey."

„Mich stört", sagte Locke, „daß wir so auf den Zufall hoffen müssen. Das ist ungezielt."

„Es ergänzt das Schneeballsystem", widersprach Tom. „Wir könnten natürlich von Haus zu Haus gehen und klingeln. Aber das kostet zuviel Zeit."

„Überlegen wir mal", schlug sie vor: „Wie verhält er sich? Taucht er ab ins Versteck, weil er glaubt, daß nach ihm gefahndet wird – wegen seiner Pistolen-Attacke auf dem Blohmeier-Hof. Oder wähnt er sich sicher, weil auf österreichischem Boden, und hängt in den Gaststätten rum."

Tom grinste. „Wir müssen beide Möglichkeiten einkalkulieren – und dementsprechend vorgehen."

„Blahblahblah! Du warst auch schon mal eifriger. Wenn dich dein Geld nicht wurmt – nach meiner Hälfte suchst du gefälligst. Es sind genau 2500 Mark."

„Ich nehme an, es wird so werden", vermutete Tom: „Wir finden Nolde. Aber er hat bereits 1200 Mark ausgegeben. Wir fragen ihn: Von welcher Hälfte? Von Nina Rehms Hälfte, ist die Antwort. Tja, und dann, Locke-Liebling, sind nur noch 1300 Mark für dich übrig."

„Aber wir wissen ja", rief sie, „daß Nolde ein Betrüger ist. Betrüger lügen immer. Deshalb hat er das Geld von deiner Hälfte genommen. Und ich rette die meinige in voller Höhe. So sehen Sie das doch auch, Dr. Rübsam?"

„Ich kann dir nur beipflichten", lachte der Arzt.

Als sie im Landhaus ankamen, befand sich Frau Schnöbel in heller Aufregung.

„Der Drogist Garhiebl hat angerufen."

„Weshalb?"

„Jemand hat bei ihm gekauft. Das könnte der Gesuchte sein."

Tom spürte förmlich, wie seine Nebennieren Adrenalin (*Aufregungs-Hormon*) ins Blut spritzten.

„Der Garhiebl ist kein Spinner und Wichtigtuer“, sagte Rübsam. „Wann war der Anruf, Schnöbel?“

„Vor einer Viertelstunde ungefähr.“

Toms Nebennieren beruhigten sich. Schade! dachte er.

„Trotzdem!“ Er wandte sich an Rübsam. „Ich heize mal hin. Schon die Gewißheit, daß der Strolch noch im Ort ist, hilft.“

„Ich heize mit!“ nickte Locke.

Rübsam beschrieb ihnen den Weg.

Garhiebls Drogerie war leicht zu finden, nämlich unweit vom Gasthaus ZUR POST.

„Was will er – falls er's war – in einer Drogerie?“ überlegte Locke laut, während sie – an Tom geklammert – in zweiter Position auf der Vespa saß.

„Vielleicht hat er Hühneraugen.“

Die Drogerie war klein, quetschte sich zwischen eine Bäckerei und einen Militaria(*Militärwesen*)-Laden, der aber geschlossen hatte.

Wahrscheinlich war das Interesse gering für verbeulte Helme, Uniform-Plunder und Orden für Nahkampf-Greuel oder Weitschuß-Heldentum.

Locke und Tom betraten die Drogerie, die im Gegensatz zu dem Militaria-Laden an diesem Samstagnachmittag geöffnet hatte.

Sie war – trotz Platzmangels – unterteilt in Droge- und Parfüme-rie. Als Personal freilich genügte der Inhaber vollauf.

Garhiebl war groß, trug ein blaues Maßhemd, das nur wenig über dem Bauchansatz spannte, und einen schnurrbart-farbenen Schlips. Sein Schnurrbart war braun.

Garhiebl sprang den beiden förmlich entgegen.

Es lag Tom auf der Zunge, erstmal zu erklären, wer sie seien. Aber der kluge und verläßliche Dr. Rübsam hatte schon vorgesorgt, nämlich angerufen und sie angekündigt.

„Tom und Locke, nicht wahr?“ rief Garhiebl. „Habe bis eben mit dem Doktor geredet. Ich glaube, der Mann, den Sie suchen, war hier.“

„Sie wissen, weshalb wir ihn suchen?" fragte Locke. Sie trug ihren Strohhut.

Garhiebl nickte.

Dann beschrieb er den Kunden. Alles stimmte. Sogar seine karierte Jacke hatte er angehabt.

„Und wann war er hier?" fragte Tom.

Garhiebl sah zur Uhr. „Vor genau 23 Minuten."

„Kam er im Wagen?"

„Er war zu Fuß. Hinter dem Gasthaus Post ist er links abgebogen. Das habe ich gesehen."

„Aber dort ist ein Parkplatz", sagte Tom.

„Allerdings. Verfolgen konnte ich ihn leider nicht. Ich bin hier allein."

Tom nagte an der Unterlippe.

„Darf man fragen, was er gekauft hat", sagte Locke.

Ein Lächeln huschte über Garhiebls Gesicht.

„Ich muß sagen, etwas Außerordentliches. Ich wünschte, es gäbe mehr dieser Kunden. Sie müssen nämlich wissen, daß ich hier im Ort das einzige Depot (*Aufbewahrungsort*) bin für Elaine Succutti."

Tom überlegte. Was stellte die Dame her? Er hatte keine Ahnung.

Aber Locke war sofort im Bilde.

„Die Parfum-Marke", rief sie, „ist eine der teuersten überhaupt, nicht wahr?"

„Die teuerste", nickte Garhiebl, „und schier einmalig."

„Er hat also eine Flasche Succutti-Parfum gekauft", stellte Tom fest.

„Die erste Flasche, die ich verkauft habe", nickte der Drogist. „Ich dachte schon, ich bleibe ganz darauf sitzen. Nun ja, der kleine Flakon kostet 750 Mark."

„Daß irgendwas überhaupt so gut riechen kann", wunderte sich Tom.

„Haben Sie vielleicht ein Probierfläschchen?" fragte Locke. „Ja? Großartig! Darf ich mal schnuppern?"

Aus einem Spray fauchte Garhiebl auf Lockes Handgelenk.

Der Fauch fiel sparsam aus, aber nicht knickerig.

Locke hielt sich ihr Handgelenk an die Nase und verdrehte die Herzkirschenaugen.

„Himmlisch! Nicht mehr von dieser Welt! Das Höchste!"

Der Drogist lächelte.

Tom beschnupperte seine Freundin.

„Hm. Gefällt mir."

„Man kann es nicht verwechseln", jubelte Garhiebl. „So muß es im Paradies geduftet haben, bevor der Sündenfall stattfand."

„Zu unserem 25. Hochzeitstag, Locke", sagte Tom, „kriegst du's von mir. Bis dahin spare ich." Er wandte sich an den Drogisten. „Herzlichen Dank, Herr Garhiebl. Sie waren eine Riesenhilfe. Servus!"

22. Der Graf und sein Sohn

Die Dämmerung begann. Es wurde kühl, und das Parfum an Lockes Handgelenk roch im Freien etwas anders.

„Jetzt habe ich mir den Namen nicht gemerkt“, sagte Tom.

„Garhiebl. Steht doch groß über dem Eingang.“

„Ich meine, wie das Parfum heißt.“ Er hob den Motorroller von der Raststütze. „Succutti ist doch nur der Firmenname.“

„Es ist das Spitzenprodukt der Succutti-Serie. Und heißt Tempête chaude.“

„Klingt echt französisch.“

„Und du kannst es aus dem Stegreif übersetzen.“

„Hm, hm.“

„Heißer Sturm“, sagte Locke und lächelte milde.

„Na ja, in geistige Unkosten haben sie sich nicht gestürzt, die Werbetexter, aber der Dame Succutti sicherlich eine gesalzene Rechnung geschickt. Und damit das wieder reinkommt, nimmt sie 750 pro Fläschchen. Da fängt der Luxus an, wie?“

„Das Besondere war schon immer etwas teurer. Man muß es ja nicht haben. Wer trotzdem möchte, soll löhnen. Eine 50-Mark-Uhr zeigt sehr gut die Zeit an, eine 50000-Mark-Uhr kann's kaum besser. Aber sie hat was gekostet und besteht rundum aus Gold. Deshalb zeige sie goldene Zeiten an, meint der Besitzer. Wohin jetzt, Tom?“

„Am Post-Gasthaus um die Ecke. Das führt zwar zu nichts. Aber wir müssen Rübsam eine Pause gönnen. Die genießt er am besten, wenn wir unterwegs sind.“

Sie bestiegen die Vespa.

Hinter der POST bogen sie links ab.

War Nolde zu seinem Wagen gegangen, dem Fuego? Oder hatte er seinen Weg zu Fuß fortgesetzt?

„Wem schenkt er das Parfum?“ fragte Locke in Toms Ohr.

„Darüber denke ich die ganze Zeit nach.“

„Gelegentlich rasierst du dich doch schon. Würdest du Tempéte chaude als Rasierwasser nehmen?“

Tom lachte. „Nie."

„Also verschenkt er's. Und jetzt wissen wir auch, weshalb er hier ist. Er hat eine Braut oder Freundin im hiesigen Bad Gahstfrey. Und der macht er ein oberaffengeiles Geschenk."

„Könnte es nicht auch sein Eheweib sein?"

Jetzt lachte Locke. „Und hier ansässig? Nie! Dann würde man ihn – und sie – kennen. Aber selbst wenn sich beide urlaubshalber oder auf der Durchreise im Orte befinden, kann sie nicht seine Ehefrau sein. Denn 750-Mark-Parfums, habe ich mir sagen lassen, werden nur Freundinnen geschenkt."

„Das ist ein Gerücht von ehemüden Ehemännern. Ich werde dich ja auch zum 25. Jubeltage mit dem heißen Sturm überraschen."

„Das glaube ich erst, wenn ich ihn rieche – den heißen Sturm."

Langsam fuhr Tom an dem Parkplatz ORTSMITTE vorbei.

Er war umstellt von einigen zeilenförmigen Wohnbauten. Sicherlich waren das Ferien- und Alterssitze, denn die Architekten hatten den Jodlerstil konsequent durchgezogen.

Alle Balkone hatten unverbaubaren Blick auf den Parkplatz – und die Anlieger zur Hauptsaison sicherlich keinen Mangel an Lärm und Abgasen.

Jetzt ging's hier frühherbstlich, also ruhiger zu.

Nur ein Halbdutzend Wagen hatte sich verteilt.

Ein Fuego war nicht darunter.

„Die Straße dort führt zum Neuen Friedhof", sagte Locke. „Fahr mal hin."

„Willst du dir Gräber ansehen?"

„Wir können auch die andere Straße nehmen. Da geht's zum Schwimmbad und zur Gemeindebücherei."

Hübsch geschnitzte Hinweisschilder verkündeten das eine wie das andere.

„Dann schon lieber Friedhof", sagte Tom und bog ab.

*

Im Wirtschaftsgebäude von Burg Henkersstein war erdgeschossig ein Büro untergebracht.

Fritz Quasimothke führte hier die Bücher. Als Verwalter nahm er seine Aufgabe sehr ernst.

Zur Zeit gingen zahlreiche Bestellungen ein. Großhandelsfirmen orderten (*Ware bestellen*) größere Mengen von Graf Dragos Superwein, die bereits erwähnte original Henkerssteiner Schloßabfüllung.

Der Verwalter kratzte sich an der rechten Hinterbacke. Ein Floh hatte ihn gebissen. Sein Verdacht richtete sich auf Plutarch. In dessen Prachtfell saßen sicherlich Flöhe. Aber Drago verneinte das. Es sei unmöglich, weil er seine Riesenratte täglich mit dem sehr wirksamen Mittel FLOHFREI besprühe.

Drago kam herein.

Fritz hörte mit dem Kratzen auf und nahm wieder den Bleistift zur Hand.

„Wir könnten 100 000 Flaschen verkaufen", sagte Fritz.

„Vorläufig warten wir noch. Die Preise gehen wieder in die Höhe. Es wurde zuviel gepanscht. Einen ehrlichen Tropfen wissen die Weinschlotzer wieder zu schätzen. Einen guten, ehrlichen Tropfen, für den man gern mehr bezahlt."

„Wie für unseren", grinste Fritz. „Die seltsamen Trauben aus Graf Dragos Folterkammer. Sind eigentlich noch Trauben in unserem Wein?"

„Selbstverständlich. Ein gewisser Anteil." Dragos Lächeln sah teuflisch aus. „Ich fahre jetzt in die Stadt. Mit dem Landrover. Bin erst nach Mitternacht zurück."

Er hatte sich feingemacht, trug einen novembergrauen Zweireiher mit noch dunkleren Nadelstreifen, dazu eine fast schwarze Krawatte.

Man hätte ihn für einen Beerdigungsunternehmer halten können, der gleich nach dem Dienst mal einen draufmachen will.

„Beim Landrover stottert die Zündung", sagte Fritz. „Irgendwas stimmt da nicht. Außerdem muß ich auch gleich los.

Ich will noch in die Druckerei – wegen der Aufkleber. Sascha ist nach Frömmersdorf gefahren. Dann ist ja keiner mehr hier."

Das traf beinahe zu, denn die Bediensteten wohnten im Ort und kamen täglich zur Arbeit herauf.

„Fratti bleibt da", sagte Drago und ging hinaus.

Im Gasthaus ZUR POST wollte er sich mit einem deutschen Weinhändler treffen.

Es war noch etwas zu früh. Außerdem stellte er fest, daß er kein Geld in der Brieftasche hatte.

Also sockte er zur Kemenate und hinauf in seine Räume, wo er Geld aus dem Schreibtisch nahm.

Durchs Fenster sah er, wie Fritz Quasimothke abfuhr. Der Verwalter benutzte einen alten Porsche. Sein Sohn Sascha besaß einen neuen.

Die Dämmerung wich jetzt, ohne sich lange zu sträuben, der abendlichen Dunkelheit. Nur im Westen glühten noch die Berggipfel im Schein der untergegangenen Sonne.

Drago stieg in den Landrover und fuhr ab. Er dachte nicht an die Warnung seines Verwalters, hätte nämlich ebensogut seinen Mercedes nehmen können.

Der Wagen rollte ohne Mucken den Burgberg hinab. Aber nach zehn Metern im ebenen Gelände setzte der Motor aus.

Drago fluchte. Das Scheinwerferlicht war starr über die Wiesen gerichtet. Weit entfernt standen zwei Rehe, verhofften und ästen dann weiter.

Er probierte mehrmals die Zündung. Aber der Motor sprang nicht an.

Als nichts half, schaltete er die Parkleuchte ein und machte sich auf den Rückweg. Es war die kürzere Strecke. Bis zum Ort und gar zum Gasthaus hätte er die doppelte Zeit gebraucht.

Durch den dunklen Wald stieg er den Burgberg hinauf. Verwundert stellte er fest, daß die Straße recht lang war. Zu Fuß hatte er sie seit Jahren nicht mehr benutzt.

Er ging durchs Burgtor, trat auf den gepflasterten Hof und war außer Atem.

Verwundert stellte er fest, daß in seinen Räumen Licht brannte. Er haßte Vergeßlichkeit, weil er sie für einen Vorboten des Alters hielt – außerdem waren solche Fehler eines Grafen mit seiner Ahnenreihe unwürdig.

Die Wagenschlüssel für den Mercedes lagen ohnehin in seinem Schreibtisch. Deshalb betrat er das Kemenaten-Gebäude und stieg die Treppe hinauf.

Er schlich nicht. Dennoch näherte er sich fledermaus-lautlos. Die Scharniere der Eingangstür waren gut geölt, die Stufen der Treppe aus Stein und außerdem belegt mit wertvollen Teppichläufern.

Ladislav von Pfählingen platzte also völlig unangekündigt in sein abgeschottetes Reich – und erlebte einen Schock wie weiland Thorwald von Pfählingen, ein Vorfahr, als der seinen Privatkrieg gegen Florian von Felswang verlor.

Fratti war hier.

Er hatte das Gemälde von Beißbald, dem Fiebrigen, beiseite geklappt und den Safe geöffnet.

Sie starrten sich an.

Der Junior färbte sich fahl bis an die Ohren.

Jede gestammelte Erklärung wäre lächerlich gewesen.

Graf Drago trat zu einem Sessel, setzte sich behutsam und schob die linke Manschette in den Ärmel zurück.

„Dreimal in unserer Familiengeschichte“, sagte er hohlstimmig, „wurden Blutsverwandte von Blutsverwandten mit dem Tode bestraft. Und zwar durch Enthauptung.“

Fratti zitterte wie eine Weberknecht-Spinne vor der Staubsaugerdüse.

„Es... tut mir leid, Vater.“

„Es tut dir leid?“

„Ich... hätte mich dir anvertrauen sollen.“

„Mir ist bekannt, daß du kein Taschengeld erhältst, Dieb.“

Fratti ließ beide Arme baumeln und ein bißchen auch den Spitzkopf. Er wirkte wie eine besonders häßliche Marionette, an der die Fäden gerissen sind.

„Mit ... mit ... dem Taschengeld hat das nichts zu tun. Ich ... dachte nur, daß es dich zu sehr aufregt. Wo du doch mit ... dem Wein und der Rattenzüchtung so viel auf dem Hals hast. Deshalb habe ich verschwiegen, was ist."

„Was ist?"

„Ich ... werde erpreßt."

„Du ... wirst erpreßt?"

Fratti nickte. Im Anschluß hielt er den Kopf aufrechter.

„Weshalb? Und von wem?"

„Von ... den kennst du nicht. Er heißt ...", Fratti zögerte.

Ein großartiger Gedanke, wie er meinte, schoß ihm durch den Kopf.

„Wie er heißt, habe ich gefragt!" schrie Drago.

„Matzl. Äh ... Jörg Matzl. Ein Kleinganove. Spieler und so. Er hat mich ... bei der Sache beobachtet."

„Wobei?"

„Du entsinnst dich. Es war vor zwei Wochen. Damals kam der alte Harald Hummelstein zu Tode. Der alte Hummelstein, der immer die tollen Sportwagen fuhr."

„Natürlich entsinne ich mich. Die Danksagung für Karten und Blumenspenden stand vorgestern in der Zeitung. Hummelstein ist neben seinem Wagen auf ölverschmiertem Boden ausgerutscht. Und so unglücklich gestürzt, daß er ... heh!"

Fratti versuchte, noch schuldbewußter auszusehen, als es der Situation entsprach.

„Du ... wirst mich nicht der Polizei ausliefern, Vater?"

„Was? Natürlich nicht. Aber nun erzähl endlich!"

„Es war ... kein Unfall. Hummelstein kam zufällig dazu, als ich seinen Wagen aufbrechen wollte. Ich weiß, ich weiß! Das war blöd. Aber es ging mir weniger um den Wagen. Es war mehr eine Mutprobe. Ich wollte mir beweisen, daß ich dazu fähig bin."

Donnerwetter! dachte Drago. In dem Bengel steckt mehr, als man vermutet. Sollte er doch etwas von unserem Blut haben? Und nicht nur den trüben Saft von Clothilde.

Die also gering Geachtete war seine verstorbene Frau – und Frattis Mutter.

„Erzähl weiter!"

„Hummelstein erkannte mich, fing an zu brüllen und schlug mir gegen die Brust. Du weißt ja, was für ein Rauhbein er war. Ich mußte ihn zu Boden stoßen. Aber er wollte wieder hoch und sich auf mich stürzen. Ich mußte mich wehren, Vater. Dabei ist er so unglücklich mit dem Kopf aufgeschlagen, daß er... Umbringen wollte ich ihn nicht."

Jedes Wort war erlogen. Fratti hatte den verstorbenen Hummelstein vor mindestens einem Jahr zum letztenmal gesehen, die Umstände des Unfalls lediglich in der Zeitung gelesen. Als der alte Mann starb, war niemand in der Nähe gewesen. Deshalb waren Vermutungen angestellt worden, ob er im Falle schneller Hilfe eine Überlebenschance gehabt hätte.

„Du also warst das", sagte Graf Drago. In seiner Stimme lag hörbar väterlicher Stolz.

„Ich bin getürmt", setzte Fratti sein Märchen fort, „und habe den Kerl nicht bemerkt. Diesen Matzl. Einige Tage später hat er mich in der Stadt abgefangen. Auf den Kopf zu sagte er mir, wie alles gewesen ist. Er fordert 700000 Schilling *(ca. 100000 DM)* Schweigegeld. Tja, und in meiner Verzweiflung und Not, Vater, wollte ich mal nachsehen, wieviel du hier drin hast. Dabei war ich überzeugt, daß ich den Safe niemals öffnen kann. Aber durch Zufall habe ich wohl die richtige Kombination erwischt."

„Allerdings." Drago rückte an seiner Brille. „Hätte nicht für möglich gehalten, daß das so leicht ist."

Er begann zu überlegen.

Fratti beobachtete ihn aus den Augenwinkeln und gratulierte sich zu seinem Einfall.

„Ich... habe nur noch sehr wenig Geld", sagte er.

Drago knurrte und starrte in eine Zimmerecke.

„Geben wir ihm die Summe, Vater?"

„Bist du übergeschnappt? Niemals beugt sich ein von-Pfählingen einem schäbigen Erpresser. Außerdem werden wir ihn damit nicht los. Er wird das Geld verprassen und die nächste Forderung stellen."

„Was denn dann?"

Ein teuflisches Grinsen breitete sich über Dragos Gesicht. „Matzl wird auf geheimnisvolle Weise sterben. Ein Raubtier fällt ihn an. In dunkler Nacht beißt es ihm den Hals durch, und die Polizei wird rätseln, um welche Bestie es sich handelt."

Fratti schauderte. Er konnte nicht verhindern, daß ihm die Zähne klapperten.

„Du willst Plutarch ... einsetzen ... äh ... auf ihn hetzen."

„Und er wird sich bewähren", nickte Drago, „mein braver Prototyp."

Sie schwiegen eine Weile.

„Daß ich's nicht vergesse", sagte Fratti dann: „Inspektor Ludloff hat angerufen. Ihm ist offenbar erst spät eingefallen, daß wir mit Edmund Böld verwandt sind. Der ist nämlich heute vormittag aus seinem Turmfenster gestürzt und liegt jetzt – mehr tot als lebendig – im Krankenhaus."

„Wahrscheinlich war er betrunken. Erstaunlich, daß er den Sturz überhaupt überlebt hat."

„Er ist auf einen beladenen Heuwagen gefallen. Sonst wäre wohl nichts von ihm übriggeblieben."

Drago lächelte amüsiert.

Auch Fratti grinste. Doch aus anderem Grund.

Perfekte Arbeit! dachte er, die Matzl geleistet hat. Fast jedenfalls. Noch lebt er ja, der Böld. Aber die Sauferei hat ihn geschwächt. Bestimmt tut er mir den Gefallen und segnet das Zeitliche. Niemand ahnt, was die Wahrheit ist. Denn es sieht ja tatsächlich wie ein Unfall aus. Und jetzt erwische ich zwei Fliegen mit einer Klatsche. Ich beerbe Böld. Und Matzl kommt nicht mehr dazu, mir die Rechnung zu präsentieren. Nein! Das Geld spare ich, denn ihm macht Plutarch den Garaus. Bei meinem Alten hier habe ich mich aus der Klemme gezogen. Außerdem bin ich in seiner Achtung gestiegen. Also alles ok.

23. Am Friedhof

Tom fuhr langsam.

Es bestand kein Grund zur Eile.

Nolde konnte sonstwo sein.

Um auf ihn zu stoßen, mußte der Zufall helfen.

So näherten sich die beiden also dem sogenannten Neuen Friedhof.

Sehr neu war er nicht mehr. Den ersten Verstorbenen hatte man hier 1931 ins Grab gebettet.

Aber der Alte Friedhof, der inzwischen einer Neubausiedlung gewichen war, konnte zurückblicken bis 1711 – solange es ihn gab.

„Es riecht nach Herbsterde“, meinte Locke, als Tom am Friedhofseingang vorbei fuhr.

Hinter der brusthohen Mauer schälten sich Kreuze und Grabmäler aus der Dämmerung.

Tom bremste und hielt.

Locke lockerte ihren Griff um ihn.

„Was ist?“

Er wies mit dem Kinn zu dem Wagen, der etwas abseits an der Mauer parkte.

„Ich habe mir das Kennzeichen nicht gemerkt, Tom. Meinst du, es ist ihrer?“

Das bezog sich auf Stepanka.

„Ich wette, es ist ihrer“, sagte Tom. Er schob den Kopf vor. „Wiener Kennzeichen, wenn ich richtig sehe.“

„Wahrscheinlich besucht sie das Grab ihres Vaters.“

„Wahrscheinlich.“

In diesem Augenblick klapperte das Gittertor am Eingang.

Stepanka näherte sich.

Sie trug eine schenkellange Jacke und eine große, bauchige Handtasche unterm Arm.

Offenbar achtete die Dölme-Tochter auf ihre Umgebung, denn sie erkannte das Pärchen sofort.

ucht ihr mich?

„Tom und Locke – seid ihr's?" rief sie mit einer Schrillstimme, als wollte sie die Totenruhe stören.

„Es sind Tom und Locke", rief Locke zurück.

Stepanka kam heran. Sie lächelte unsicher.

„Sucht ihr mich?"

„Nee. Wieso?" fragte Tom. „Wir kommen zufällig vorbei."

„Ich dachte, es sei was passiert im Schloß."

„Uns ist nichts bekannt."

Sie faßte ihre Tasche fester. „Mein Vater liegt hier begraben."

Die beiden nickten, als hätten sie sich so was schon gedacht.

„Ihr sucht wohl nach diesem ... wie hieß er doch gleich?"

„Nolde", sagte Locke. „Otto Nolde."

„Nach dem suchen wir", bestätigte Tom. „Aber das ist wie bei der berühmten Nadel im Heuhaufen."

Stepanka zog ihr Schlüsselbund aus der Jackentasche.

„Wir sehen uns ja noch. Servus, ihr beiden."

„Habe die Ehre!" sagte Tom.

Locke sagte nichts.

*

Hinter der Friedhofsmauer, ungefähr neun Meter entfernt, kauerte Nolde in unbequemer Haltung.

Stepankas Geschrei hatte ihn gewarnt. Sonst wäre er ihr – mit einminütigem Abstand – gefolgt.

Diese Nachwuchs-Verfolger, dachte er grimmig, stressen mich mehr als fünf riskante Geschäfte. Der Boden wird heiß hier, Otto. Halt dich bedeckt bis morgen nachmittag. Und dann nichts wie weg!

Morgen nachmittag wollte Stepanka nach Wien zurückfahren.

Auch Nolde lebte, wohnte und arbeitete dort.

Deshalb bot es sich an, daß sie ihn mitnahm – zumal er zur

Zeit keinen Wagen hatte, die Bahn nur ungern benutzte und auch nicht daran dachte, sich bei Avis ein Fahrzeug zu mieten.

Sie hatten vereinbart, sich an der Autobahn-Zubringerstraße zu treffen: gleich hinter der alten Wallfahrts-Kirche.

Bis es Zeit dafür war, würde er sich als Bernd Behnke aus Basel im Hotel ERLENHOF verkriechen.

24. Wilhelms Schmuck-Sammlung

Zur gleichen Stunde saß ein trauriger alter Mann in Schloß Wolpertingingen in seinem Lehnstuhl.

Großvater Wilhelm hatte sich in sein Zimmer zurückgezogen. Er vermißte Pirat, seinen Dobermann.

Solange Stepanka zu Besuch war, mußte sein treuer Hund im Zwinger bleiben.

Wilhelm fühlte sich jedesmal, als verstoße er ein Kind.

Was ihn aber noch mehr bedrückte, war sein eigener Zustand.

Die Erblindung war schrecklich. Und nun kam noch hinzu, daß sein Verstand nachließ.

Es gibt nur zwei Möglichkeiten, dachte er. Entweder bin ich nicht mehr in der Lage zu zählen, oder mein Gedächtnis trügt mich.

Stepankas Besuch war ihm Anlaß, nach langer Zeit wiedermal in die Bibliothek zu tapern, wo sich hinter einer herausschwenkbaren Wandtäfelung der Safe befand.

Er hatte ihn geöffnet und das große Samttablett herausgenommen, auf dem sich die Schmuckstücke häuften.

An jedes einzelne entsann er sich, an Form, Fassung, Verschluß, Gewicht, an die Edelsteine.

Wie sagt man? dachte er. Eine warme Hand schenkt besser als eine kalte. Richtig! Warum soll das Mädchen warten, bis mich der Rasen deckt? Ist doch Unsinn. Ein bißchen was kann ich ihr jetzt schon schenken. Dann erlebe ich, wie sie sich freut. Und warum soll sie nicht mit 21 Jahren schönen Schmuck tragen? Ja, warum soll sie nicht?

Er begann, nach einem Collier zu suchen. Nach einem Collier mit Smaragden und Diamanten.

Es war nicht zu finden.

Er begann von neuem. Er ordnete alles auf dem Schreibtisch, hörte auf mit dem Wühlen und tastete sich vor nach System.

Eine halbe Stunde später hatte er eine bestürzende Entdekkung gemacht.

Außer dem Collier fehlten ein dreireihiges Perlenarmband sowie ein überaus wertvolles Diamant-Diadem.

Oder? dachte er. Spinne ich? Habe ich die Schmuckstücke nie besessen? Gibt es sie nur in meiner Phantasie? Es könnte auch sein, ich habe sie verschenkt. Nein! Verkauft? Nein! Versaubeutelt? Noch weniger! Himmel, es waren doch 77 Schmuckstücke.

Er zählte fünfmal.

Es waren 74 Schmuckstücke.

Verstört schob er das Tablett in den Safe.

Er schloß ihn sorgfältig und schlurfte in sein Zimmer zurück. Zum Schenken war ihm die Lust vergangen.

Hier saß er nun, grämte sich und wußte nicht weiter.

Oder es spukt? überlegte er. Spuk? Gute Idee! Immerhin wohnen wir in einem alten Schloß, und ein Schmuck-Gespenst könnte umgehen. Diese zeitlosen Zeitgenossen kriegen jeden Safe auf. Dann wäre es doch nicht Wilhelm Dölmes Gehirn, wo der Fehler liegt? Um Himmels willen! Du wirst wunderlich, alter Knabe. Was du dir ausdenkst, ist noch schlimmer als Verkalkung.

Oder bestiehlt man mich? dachte er plötzlich.

Minutenlang brütete er vor sich hin.

Einesteils war die Überlegung abwegig, denn ein nächtlicher Panzerknacker hätte sicherlich Spuren hinterlassen und sich niemals mit drei Teilen begnügt. Nein, der hätte alles genommen.

Andererseits konnte es sich bei dem Dieb um jemanden handeln, auf den der Verdacht sofort fallen würde. Deshalb die Bescheidung, nur drei Schmuckstücke zu nehmen. War der Dieb überzeugt, er – Wilhelm – würde nichts merken?

Beinahe, dachte er, hätte ich nichts gemerkt. Aber, zum Henker, wen soll ich verdächtigen? Gertrud? Lächerlich! Stepanka? Noch lächerlicher! Sie ist ein Goldschatz. Außerdem kriegt sie eines Tages alles. Die Schnuck? Unmöglich. Bleiben nur die Köchin, die beiden Zugehfrauen und Pfandl. Hm, hm. Habe ich die unter Kontrolle? Nein! Ich höre ihre Stimmen. Aber gesehen habe ich die Leute nie. Als Gertrud sie einstellte, war ich schon blind. Und Gertrud ist blöd. Sie spielt Schloßherrin und nascht. Ach so, Edmund Böld! Daß ich den nicht vergesse! Aber der? Nee! Also bleiben die vier. Sie wohnen im Haus. Verzeihung, im Schloß. Sie könnten...

Er dachte nicht weiter, sondern schenkte sich erstmal einen Schnaps ein.

Der belebte ihn. Sein Selbstvertrauen kehrte zurück. An seinem Verstand, der nun leicht umnebelt war, zweifelte er nicht mehr.

Statt dessen sagte er sich: Der Dieb hat drei Teile gestohlen. Irgendwie hat er die Kombination rausgekriegt. Hatte ich die damals auf einem Zettel notiert? Hatte ich. Und der lag im Schreibtisch. Bravo, Wilhelm! So schützt man sein Eigentum.

Und weiter dachte er: Der Dieb fühlt sich sicher. Denn bis heute habe ich nichts bemerkt. Also wird er der Versuchung erliegen. Er wird mehr wollen – und wiederkommen. Logisch! Ein Dieb kann gar nicht anders. Das bedeutet: Ab heute nacht, Wilhelm, wirst du aufpassen. Du lehnst die Tür nur an. Es sind genau acht Schritte bis zur Bibliothek. Tja, und außerdem – ist Pirat auf seinem Platz vor dem Bett. Ausnahmslos immer... Jede Nacht. Auch heute. Morgen früh kommt er dann wieder in den Zwinger, damit sich Stepanka nicht fürchtet.

Abschließend dachte er:

Pirat und ich – wir fassen den Dieb.

Aber das machen wir allein. Niemand wird eingeweiht.

Soweit war er, als Gertrud zum Essen rief.

25. Tempête chaude

Tom parkte den Motorroller in Rübsams Garage.

Locke war schon im Haus.

Als er eintrat, kam sie ihm im Vorraum entgegen und zog eine Schnute.

„Gertrud Dölme findet uns so bezaubernd, sagt Dr. Rübsam, daß sie schon wieder mit einer Einladung auf der Matte steht. Wir und der Doktor sollen zum Abendessen kommen."

„Bei Frau Schöbel schmeckt es mir eigentlich besser."

„Das habe ich auch gesagt."

„Können wir ablehnen?"

„Lieber nicht", rief Rübsam aus dem Kaminzimmer. Die Tür stand offen. „Hierorts ist es üblich, daß Besuch – besonders so netter – im Bekanntenkreis rumgereicht wird."

„Das sind ja schlimme Bräuche", lachte Tom.

Sie gingen zu ihm ins Kaminzimmer.

„Außerdem freut sich der alte Wilhelm auf euch."

„Und vom Rehrücken ist noch ziemlich viel übrig", meinte Locke. „Der muß unbedingt weg, nehme ich an."

Rübsam hatte ein Nickerchen gemacht und sah wieder frisch aus.

„Locke sagte schon, daß ihr bei Garhiebl zu spät gekommen seid. Und das ziellose Rumfahren bringt leider nichts."

Tom hob die Achseln. „Immerhin funktioniert Ihr Schneeballsystem. Das läßt hoffen."

Tom wechselte das Hemd. Er hatte auch ein zweites Paar Jeans mit.

Locke schlüpfte in einen Wildlederrock und den dazu passenden Pullover. Er war lachsrot und selbstgestrickt. Zu ihrer dunklen Mähne und den Glutaugen war das ein toller Kontrast.

Rübsam holte seinen Lancia aus der Garage.

Es war kühl geworden, der Himmel sehr klar und mit Sternen übersät. Der Mond tauchte hinter dem Wolkenmelker auf und überglänzte das Tal mit Silberlicht.

Viele Fenster vom Schloß waren erleuchtet.

„Das macht Gertrud immer", erklärte Rübsam, als sie vor dem Portal hielten. „Dunkle Häuser sind ihr ein Grausen. Und die Leute im Ort, meint sie, hätten ein Anrecht darauf, abends das Schloß erleuchtet zu sehen."

„Beteiligen sich die Leute an der Stromrechnung?" fragte Locke.

„Meines Wissens nicht." Rübsam lächelte. „Aber sie hat's ja. Wilhelm war und ist reich. Und sein verstorbener Sohn hat nicht minder das Geld gescheffelt."

Gertrud begrüßte die drei mit Umarmung.

Auch Sieglinde war da.

Weder Stepanka noch Großvater Wilhelm fehlten. Und so fand sich dieselbe Tischrunde zusammen wie mittags.

Lockes Vermutung hinsichtlich des Rehrückens traf nur bedingt zu.

Es wurden kalte Platten serviert – hauptsächlich mit Meeresfrüchten. Allerdings gab es auch eine Platte mit Fleischernem; und dort harrte der Rehrücken – dünn geschnitten – auf Abnehmer.

Das Gespräch drehte sich um Edmund Böld. Sein Zustand war unverändert – wie das Krankenhaus vorhin mitgeteilt hatte.

Nach dem Essen bat Gertrud alle in das sehr hübsche Kaminzimmer, wo aber das offene Feuer nicht recht brennen wollte.

Tom nahm sich der Sache an, und bald loderten die Flammen. Die Folge war, daß alle ins Feuer starrten. Es zieht unweigerlich die Blicke an.

Stepanka hatte ihre Zigaretten vergessen, ging auf ihr Zimmer und holte eine volle Schachtel samt Feuerzeug, denn außer ihr rauchte niemand.

Gertrud hatte das elektrische Licht gelöscht.

Man saß in niedrigen Sesseln. Sie bildeten einen lockeren Halbkreis um den breiten Marmorkamin.

Tom saß neben Locke.

Stepanka bezog den Sessel auf seiner anderen Seite.

Mehr oder weniger zufällig ergab sich das – aber auch, weil so die Jugend zusammenhockte.

„Ist immer wieder faszinierend", sagte Rübsam gerade. Er meinte das Feuer. „Ich muß an meine Jugend denken. An die Lagerfeuer. Als ich dann später ein Haus suchte, wußte ich genau: Es muß einen großen, offenen Kamin haben. Eigentlich ist meine Hütte viel zu weiträumig für mich. Aber der Kamin! Seinetwegen habe ich das Haus gekauft."

„Verstehe ich", sagte Sieglinde. „Außerdem zieht er gut, dein Kamin."

Seit einer halben Minute blähte Tom die Nasenflügel.

Irre! dachte er. Dieses Succutti-Parfum auf Lockes Handgelenk. Nur ein ganz kleiner Hauch. Aber jetzt duftet es wieder, daß mir ganz neblig wird im Dachstübchen. Zwischenzeitlich war der Duft weg. Wird er vom Feuer belebt?

Er schnupperte zu Locke hinüber.

Dann stellte er fest, daß der Duft von der anderen Seite kam.

Einen Moment blieb er starr sitzen.

Locke neigte sich ihm zu. Sie bewegte das Näschen.

Ihre Blicke trafen sich.

Tom nickte und richtete die Augen zur anderen Seite.

„Stepanka!" sagte Sieglinde in diesem Moment. „Duftest du so gut – oder wer?"

Stepanka verströmte Rauch durch die Nase.

„Ich glaube, das bin ich."

„Riecht zauberschön", schaltete sich Tom ein. „Da schnallt mein Riechkolben ab. Aber du sagtest ja schon, daß du Parfum-Fan bist und sammelst."

Sie nickte. „Ein Succutti-Parfum", sagte sie zu Sieglinde gewandt. „Tempête chaude. Wer kann französisch?"

„Feuersturm", meinte Rübsam. „Frei übersetzt."

„Seit wann gibt's denn das?" fragte Sieglinde.

„Es ist noch nicht lange auf dem Markt", erwiderte Stepanka. „Ich hab's auch erst ganz neu."

„So was kriegt man eben nur in Wien", meinte Locke.

„Ist nichts für die hiesigen Hinterwäldler." Tom grinste und bemühte sich, einen fröhlichen Ton anzuschlagen.

Vertraulich stieß er Stepanka an. „Darf ich mal fragen, was so ein Duftwässerchen kostet. Auch mein Mütterchen ist parfumbesessen. Aber das hat sie noch nicht. Das nächste Weihnachten kommt bestimmt, und so wüßte ich gleich, was ich ihr unter den Tannenbaum lege."

Etwas zischend stieß er dann die Luft über die Zähne, weil ihn Lockes Ellbogenstoß voll auf die Rippen traf.

Sieglinde und Rübsam sahen das, konnten aber die Bedeutung nicht abschätzen. Sicherlich war das was Familien-internes.

„Oh!" meinte Stepanka. „Da bin ich überfragt. Billig ist es sicherlich nicht."

„Also war's ein Geschenk für dich?" fragte Locke.

„Allerdings."

„Nimm dir ein Beispiel daran!" sagte Locke zu Tom.

Großvater Wilhelm, der heute abend recht schweigsam war, lachte.

Toms graue Zellen arbeiteten auf Hochtouren.

Locke horchte in ihren lachsroten Pullover hinein und stellte fest, daß sie Herzklopfen hatte.

In diesem Moment erwies sich Gertrud als ahnungslose Verbündete – und als scharfsinnig.

„Jetzt weiß ich's!" rief sie. „Ich wollte dich schon fragen, Stepanka. Weil ich im Abfalleimer das silber-goldene Geschenkpapier gesehen habe. Der Garhiebl wickelt in seiner Parfumerie die Sachen immer so schön darin ein. Und er führt, wenn ich mich nicht sehr irre, neuerdings die Succutti-Parfums."

Stepanka ließ ihre Zigarette fallen.

Tom bückte sich und hob sie auf.

„Vorsicht!" sagte er, nachdem er sie zurückgegeben hatte. „Nicht an der Glut lutschen. Du hast das falsche Ende."

„Du bist erkannt, Stepanka", meinte Rübsam amüsiert. „Du hast das Parfum erst heute erhalten – und zwar von einem hiesigen Verehrer. Ich würde ja staunen, wenn ein Hiesiger das Rennen bei dir macht."

„Er ist nicht von hier!" erwiderte sie heftig. „Er ist... aus Wien. Zufällig habe ich ihn heute getroffen. Vorhin, in der Stadt. Und... also, es ist nicht das, was ihr denkt. Ich habe nichts mit ihm. Er wäre sowieso viel zu alt für mich. Aber er fühlt sich mir verpflichtet, und da hat er mir das Parfum geschenkt. Herrje! Was macht ihr denn für ein Gewese!"

Sie war ärgerlich.

Sie drückte die Zigarette in dem Aschenbecher aus, den sie sich auf den Schoß gestellt hatte.

Sofort zündete sie eine neue an.

Aber ihre Finger zitterten zu sehr.

Tom nahm ihr das Feuerzeug weg, schnippte die Flamme raus und hielt sie ihr hin.

„Niemand will dir was", sagte Gertrud. „Brauchst dich nicht gleich so aufzuregen, Stepanka."

„Ich kann's nicht haben, wenn man mich löchert."

„Niemand hat dich gelöchert." Gertrud schüttelte den Kopf.

Für einen Moment herrschte betretenes Schweigen.

Dann rettete Rübsam die Situation, indem er von Graf Dragos unfreundlichem Verhalten erzählte.

Aber es wurde nicht mehr sehr lustig, und die Abendgesellschaft löste sich auf, bevor das Kaminfeuer niederbrannte.

26. Abgehört

Matzl zechte.

Schon seit Stunden saß er im Gasthaus ZUR POST und probierte die Schoppenweine durch, die auf der Karte standen.

Die unansehnliche Kellnerin, die ihn bediente, wurde von Glas zu Glas ansehnlicher. Er versuchte, sie anzumachen, blitzte aber ab.

Irgendwann zu später Stunde riet ihm ein Rest von Vernunft, hier endlich die Platte zu putzen.

Als er in die kühle Nachtluft hinaustrat, kreisten krause Gedanken in seiner Birne. Unter anderm der, den Grafensohn Fratti, seinen Auftraggeber in der Mordsache Böld, schon jetzt zu benachrichtigen. Und nicht erst morgen.

Vielleicht... ist er jetzt zu Hause, hicks, dachte Matzl.

Er torkelte ein paarmal im Kreis und entdeckte dann die Telefonzelle, die auch Tom benutzt hatte, als er Gunter anrief.

Matzl kramte den Zettel aus der Tasche, auf dem er sich die Henkersstein-Rufnummer notiert hatte.

Indem er ein Auge zukniff, gelang es ihm, die tanzenden Ziffern zu lesen.

Er bezahlte das Ortsgespräch im voraus, wie das bei öffentlichen Münzfernsprechern üblich ist, und wählte.

„Fredericus Attila Graf Pfählingen", meldete sich – zu Matzls Überraschung – der Gewünschte gleich selbst.

Es knackte in der Leitung, als würde eine Laus zerquetscht. Es knackte nochmal.

„Ich bin's, der Matzl", sagte der ‚Killer nach amerikanischem Vorbild'.

„Ah, Matzl!" tat Fratti erfreut.

Keiner der beiden ahnte, was das Knacken bedeutete.

Kriminal-Inspektor Ludloff war in voller Aktion. Das Gelbe vom Ei hatte er – wie erwähnt – zwar nicht erfunden, aber rührig war er. Und wenn er sich was in den Dickschädel setzte, dann wurde das ausgeführt.

Ich bin's,
de Matzl.

Jetzt lief sein Lauschangriff auf vollen Touren. Die Idee mit dem Abhörmikrofon ‚Wanze' hatte sich zwar als undurchführbar erwiesen. Denn unter Frattis Nase konnte er sie wirklich nicht kleben – und ihm auch sonst nirgendwo anheften. Aber es gab ja noch eine andere Möglichkeit.

Die rechtlichen Bedenken, die sein Assistent Böcklein dazu hatte, wischte er beiseite. Und so wurde dann im Laufe des Nachmittags die Henkerssteiner Fernsprechleitung angezapft.

Ludloff konnte jedes Telefonat mithören, das stattfand zwischen der Burg und dem Rest der Welt.

Die ganze Technik zum Abhören war im Hobbyraum des Ludloffschen Hauses untergebracht – seit langem bereits, denn es war nicht das erste Mal, daß sich der Inspektor für die Fernplaudereien seiner Mitmenschen interessierte.

Auch ein Bandgerät zum Mitschneiden stand bereit – daher das zweite Knacken. In der Hobbyraum-Ecke stand ein Feldbett. Und Ludloff hatte gerade einen Krimi zu Ende gelesen, als ihn Pfeifton und rotes Blinksignal an den Kopfhörer rief.

Mit Behagen hörte er sich jetzt an, was gesagt wurde.

„Ja, ich!" feixte Matzl. „Gut, was?"

„Was ist an dir gut?"

„Meine Leistung... hicks... meine ich."

„Stimmt! Hast du gut gemacht."

„Ich sagte dir... hicks... doch: Ich bin Killer nach amerikanischem Vorbild."

„Du sagtest, du seist noch besser."

„Bin ich."

„Aber Böld ist nicht ganz tot."

„Solche... hicks... kleinen Schönheitsfehler können vorkommen. Ich glaube aber, daß er bald ins Gras beißt."

„Hoffentlich. Wenn er überlebt, ändert er sein Testament, und ich kriege nichts."

„Dann werfe ich ihn – hicks – eben nochmal aus dem Fenster."

„Und wieder kommt ein Heuwagen vorbei, was?"

„Ich... hicks... warte, bis nach der Ernte. Aber das braucht's nicht. Er geht noch drauf. Bestimmt."

„Der blöde Ludloff", sagte Fratti – und an dieser Stelle zuckte der Inspektor zusammen –, „rief vorhin an. Der glaubt an einen Unfall. Weil niemand im Turm war, und auch die Tür war von innen verschlossen."

„Ist mein Spezialtrick", prahlte Matzl. „Der Magnet-Dreher mit Rotation-links-Effekt. So – hicks – habe ich ihn genannt. Mehr kann ich nicht verraten. Denn meine Erfindungen lassen sich patentamtlich nicht schützen. Gäbe Ärger, hähäh, mit den Bullen."

Für einen Moment war Schweigen in der Leitung.

Ludloff befürchtete schon, an seinem Abhörgerät sei was nicht in Ordnung.

Dann sagte Matzl: „Ich will morgen nach Innsbruck zurück. Hast du das Geld da?"

„Habe ich."

„Wie gesagt: Den Böld kannst du abhaken – notfalls käme ich nochmal."

Vorsichtig sagte Fratti: „Ich habe heute eine lange Nacht. Paßt es dir, wenn wir uns um drei Uhr früh treffen."

„Drei Uhr? Klar. Wo?"

„Auf dem Neuen Friedhof."

„Gut."

„Beim Familiengrab Wenzelmeier. Das findest du leicht. Ist gleich vorn beim Eingang. Da steht ein schwarzer Obelisk, auf den immer die Vögel kacken."

„Ich bin pünktlich", sagte Matzl, der allmählich nüchtern wurde.

„Bis nachher!" Fratti legte auf.

Jedes Wort war auf Band aufgenommen.

Ludloff holte Böcklein aus dem Bett.

Als der antanzte, hatte er vor Müdigkeit kleine Augen.

Ludloff spielte ihm das Band vor, und der Assistent wurde munter.

Ludloff grinste. „Sehen Sie nun, daß ich recht hatte."

„Respekt, Chef! Ich hätte es nicht für möglich gehalten. Aber Sie haben den richtigen Riecher. Von Ihnen kann ich noch viel lernen."

„Wir brauchen natürlich einen Beweis, den wir vor Gericht vorzeigen können. Deshalb werden wir die beiden auf frischer Tat erwischen. Nachher um drei auf dem Friedhof. Wenn Matzl bezahlt wird, kaschen wir sie."

„Sehr umsichtig."

„Wir stellen eine Falle auf. Dazu nehmen wir Wachtmeister Dräuml mit und seinen Kollegen Harthammer. Und bis es soweit ist, können Sie sich noch ein bißchen aufs Ohr legen, Böcklein. Auf der Couch oben im Wohnzimmer."

27. Wer ist es?

Ruhe kehrte ein im Landhaus.

Frau Schöbel schlief schon lange, und auch der Arzt hatte sich zurückgezogen.

Tom huschte aus seinem Zimmer. Er war angekleidet. Leise klopfte er an Lockes Tür.

Seine Freundin ließ ihn ein.

Bisher hatten sie keine Gelegenheit gehabt, ungestört zu reden.

„Ich bin immer noch wie gebügelt", sagte Locke. „Und habe nachgedacht. Vielleicht hat sich Stepanka mit Nolde auf dem Neuen Friedhof getroffen."

Tom nickte. „Sie war unsicher, als wir sie trafen. Daß sie unsere Namen so laut plärrte, könnte eine Warnung gewesen sein. Noldes Parfum-Geschenk war sicherlich in ihrer Tasche. Sei's drum: Sie kennt ihn, sie verschweigt das, sie deckt ihn, sie steckt also mit ihm unter einer Decke. Bestürzend!"

„Und wenn wir ihr doch Unrecht tun?"

„Was meinst du?"

„Sie hat zwar zugegeben, daß sie das Parfum heute und hier erhielt. Und Garhiebl hat erst eine einzige Flasche verkauft – nämlich an Nolde. Aber vielleicht kam kurz nach uns ein zweiter Kunde. Und dem ist Stepanka begegnet, nachdem wir uns beim Friedhof trafen."

„Ist das dein Ernst?"

Sie lächelte. „Nein. Ich will nur ganz logisch vorgehen."

„Wir haben die Logik total auf unserer Seite. Denn Stepankas Benehmen paßt zu ihrem schlechten Gewissen. Als ich mittags den Namen Nolde aussprach, hat sie das Wasserglas umgestoßen. Als ihr Gertrud vorhin unabsichtlich zusetzte – mit dem Geschenkpapier im Müll und so –, hatte die junge Dame sofort den Flattermann in den Griffeln. Sie ließ ihre Zigarette fallen. Und dann ihre wütende Reaktion! Das war überzogen. So beißt jemand um sich, der mit dem Rücken an der Wand steht."

„Und jetzt?“

„Sie scheint Noldes Komplicin zu sein. Das bringt uns ans Ziel.“

„Du meinst“, nickte Locke, „wenn wir ihr auf der Pelle bleiben, finden wir ihn.“

„Zwangsläufig. Sie darf nur nichts merken von der Beschattung.“

„Wann fangen wir damit an?“

„Sofort. Ich bin schon unruhig, daß sie eine Weile ohne Aufsicht ist. Vielleicht fährt sie zu ihm. Sie könnte alarmiert sein – durch die Sache mit dem Parfum.“

„Wenn Sie ihn anruft, Tom, haben wir das Nachsehen.“

„Aber wenn sie ihn trifft, ist alles gelaufen. Und deshalb, Schatzi, mache ich mich jetzt auf die Hornhäute. Den Hausschlüssel habe ich noch. Der Doktor braucht nicht zu wissen, daß ich mir die Nacht um die Ohren haue. Den Roller schiebe ich ein Stück die Straße runter – damit ich hier niemand wecke. Ich heize zum Schloß. Dort schiebe ich Wache.“

„Alles gut – mit einem Unterschied: Wir schieben Wache.“

„Du brauchst deinen Schlaf.“

„Ich werde mich an dich lehnen und die Augen schließen.“

„Verlockende Aussicht. Trotzdem muß ich dich warnen. Draußen ist es kalt.“

„Hält dich das ab? Na also! Komm!“

Der Mond stand jetzt senkrecht über dem Tal.

Silberlicht überschwemmte den Ort und die Landschaft.

Die Straßen waren leer. Vor dem POST-Gasthof stritten zwei Betrunkene.

Tom hatte sich den Weg gemerkt.

Die Zugangsstraße gehörte zum Schloß, war also privat und deshalb voller Schlaglöcher. Was das betraf, blieben die Portemonnaies der Familie Dölme geschlossen.

Tom hielt in einer Entfernung von etwa 300 Metern.

Sie schoben die Vespa hinter einen Busch und gingen das letzte Stück.

Jetzt waren alle Lichter erloschen, sah man ab von den Kandelabern (*säulenartige Straßenbeleuchtung*) auf dem Vorplatz.

„Also nur halbe Nacht Festbeleuchtung“, meinte Tom. „Sonst wäre’s auch blödsinnig.“

„Gertrud nimmt ihre Rolle ernst. Wie sagt sie? Zur Schloßherrin muß man geboren sein.“

„Hast du eine Ahnung, wo die Schlafzimmer sind?“

„Keinen Schimmer.“

„Hinters Schloß dürfen wir nicht. Dort ist der Dobermann in seinem Zwinger. Pirat kennt uns zwar. Aber er würde anschlagen.“

Hinter Ziersträuchern, wo der Nachtwind nicht hinkam, entdeckten sie eine Bank.

Sie stand günstig. Man konnte nahezu die ganze Hausfront überblicken, das Portal sowieso.

Nur Sieglindes Wohnung lag nicht im Blickfeld. Aber auf sie kam’s nicht an.

*

Tom irrte sich, was den Dobermann betraf.

Großvater Wilhelm hatte gewartet, bis Ruhe einkehrte.

Als sich alle Türen schlossen und kein Wasser mehr rauschte, tastete er sich mit seinem Blindenstock zum hinteren Ausgang. Dreizehn Schritte zählte er ab über den Schloßhof. Seine ausgestreckte Hand berührte den Maschenzaun des Zwingers.

Pirat winselte freudig und sprang gegen die Tür.

„Ruhig, mein Hund!“ flüsterte Wilhelm.

Pirat wurde herausgelassen.

Wilhelm legte ihm die Hand auf den Fang.

Leise! bedeutete das. Keinen Laut! Wir schleichen.

Er faßte ihn am Halsband. Pirat war abgerichtet und gehorchte aufs Wort. Nur das Hecheln verriet seine freudige Aufregung.

Sie traten durch den hinteren Eingang. Wilhelm verschloß

die Tür und horchte in den langen Flur, der die Zimmer des Westflügels an sich aufreihte wie Perlen auf der Schnur.

Es war still – nur hin und wieder ein Knacken im Gebälk und Pirats fliegender Atem.

In Wilhelms Zimmer bezog der Hund seinen Platz vor dem Bett. Ein Schaffell war ausgebreitet. Irgendwo lag noch ein Hundekuchen. Wilhelm hörte, wie ihn sein vierbeiniger Freund krachend zerbiß.

„Nicht so laut", flüsterte er, während er sich aufs Bett streckte, „vielleicht kommt der Dieb schon heute nacht."

Die Tür war nur angelehnt. Aber das fiel nicht auf. Wer in die Bibliothek wollte, würde die Falle nicht bemerken.

Wer ist es? überlegte Wilhelm. Pfandl? Die Köchin? Die Putzfrauen? Wie wenig er von ihnen wußte. Daß Pfandl bescheuert war – natürlich, das merkte selbst ein Blinder. Aber vielleicht war der Kerl gerissen – und verstellte sich?

Wilhelm griff zu seiner Taschenuhr.

Das Glas war entfernt worden vom Zifferblatt. Er fühlte nach den Zeigern. Es war kurz vor eins.

28. Hundezähne packen zu

Stepanka saß im Dunkeln.

Sie hatte geduscht und sich die Zähne geputzt. Sorgfältig entfernte sie ihr Make up, und immer wieder horchte sie in die Tiefe des Hauses.

Schliefen die andern schon?

Wegen ihrer Mutter machte sie sich keine Sorgen. Und die Zimmer der Angestellten lagen am Ende des Ostflügels. Das war weit.

Aber der alte Knacker, wie sie Wilhelm bei sich nannte, hatte sicherlich einen leichten Schlaf. Er war alt. Die Blindheit schränkte ihn ein. Spaziergänge machte er nur rund ums Schloß, geführt von dem Köter. Im übrigen hockte er rum, hörte Radio, drangsalierte die Umwelt und war verdrossen.

Klar, daß das nicht viele Kalorien verbrauchte. Nachts lag er sicherlich wach, und der Vollmond heute tat ein übriges.

Sie machte sich bettfertig, zog ein Nachthemd an aus cognacfarbener Seide und rauchte noch eine Zigarette am offenen Fenster.

Unten im Ort schlug eine Kirchturmuhr. Es war ein Uhr früh.

Sie drückte die Zigarette aus. Den Rest schnippte sie auf das Beet unterm Fenster.

Aus ihrer Handtasche nahm sie die von Nolde gefertigten Nachbildungen.

Sie waren perfekt. Gepfuscht hatte er noch nie.

Ein Lederbeutel nahm alles auf – das Diadem, das Collier, das Armband.

Stepanka öffnete ihre Tür und blickte auf den Flur.

Nur das Nachtlicht brannte, eine schummrige Angelegenheit wie in den Gängen weitläufiger Hotels.

Sie konnte die Tür der Bibliothek sehen, trat auf den Flur und huschte barfuß über den kostbaren Läufer.

Die Bibliothek war nie verschlossen. Wozu auch? An den

verstaubten Büchern hatte niemand Interesse. Und wem der Safe am Herzen lag, für den war das Türschloß kein Hindernis.

Sie behielt Wilhelms Tür im Auge, während sie auf die Klinke drückte.

Die Tür knarrte etwas. Rasch trat sie in die Bibliothek. Nachdem sie die Tür geschlossen hatte, knipste sie die Schreibtischlampe an. Den Beutel legte sie daneben.

Die Wandtäfelung wurde zur Seite geklappt.

Wie immer, wenn sie sich über die Schmucksammlung hermachte, raste ihr Herz.

Sie stellte die Zahlenkombination ein: 1 – 5 – 1 – 6 – 5.

Das entsprach ihrem Geburtsdatum.

Die gepanzerte Tür ließ sich öffnen, und sie nahm das Tablett heraus.

Es erschien ihr leichter als sonst. Aber das täuschte. Gold schimmerte. Brillanten funkelten. Das Lampenlicht gleißte in den farbigen Steinen.

Fasziniert betrachtete sie die Pretiosen – den Schatz, der ihr einmal gehören sollte.

Nur noch zwei Drittel waren echt. Aber sie hätte auf Anhieb nicht sagen können, welche Stücke Nachbildungen waren.

In diesem Moment wurde hinter ihr die Tür geöffnet.

Ihr Herzschlag setzte aus.

Während sie sich umdrehte, hörte sie die wütende Stimme ihres Großvaters.

„Faß, Pirat! Faß und halt fest!"

Ein dunkler Schatten flog auf sie zu.

Der Entsetzensschrei blieb in ihrer Kehle.

Abwehrend hob sie die Arme. Gleichzeitig unternahm sie den albernen Versuch, auf den Schreibtisch zu klettern.

Es hätte sie nicht in Sicherheit gebracht.

Unbeabsichtigt bot sie Pirat dadurch eine Angriffsfläche, die mit ihrer Sitzfläche absolut identisch (*gleich*) war.

Gellend schrie sie auf, als sich die scharfen Zähne durchs Nachthemd in ihre Kehrseite bohrten.

Stepanka!
Bist du's?

Pirat knurrte, zerrte und geiferte.

Schmerz füllte Stepanka vom honigblonden Haar bis zu den lackierten Zehennägeln. Sie glaubte, ohnmächtig zu werden. Ihr gellendes Schreien – gleich einem Sirenenton – war sicherlich unten im Ort zu hören.

Jedenfalls fuhren Gertrud und Sieglinde in ihren Betten hoch. Auch Pfandl und die drei weiblichen Bediensteten waren wach auf der Stelle.

Großvater Wilhelm glaubte, er verliere den Verstand nun endgültig.

„Stepanka!“ schrie er. „Bist du’s?“

„Der Hund!“ kreischte sie. „Er zerfleischt mich.“

„Pirat, aus!“ brüllte Wilhelm. „Aus! Hierher!“

Knurrend ließ der Dobermann sein Opfer los.

„Mein Gott!“ flüsterte Wilhelm und stützte sich an den Türpfosten. „Ein ... Mißverständnis, Kindchen! Du ... du wolltest dir nur ein Buch holen, nicht wahr? Aber ich dachte ...“

Stepanka antwortete nicht. Neben dem Schreibtisch sank sie zu Boden. Ihr Kreislauf streikte.

Der blinde alte Mann merkte nichts.

„Stepanka!“ flüsterte er. „Kind! Sag doch was!“

*

Tatsächlich – Locke döste ein an Toms Schulter. Aber dann fuhr ihr Stepankas Schreien ins Ohr, und sie schnellte erschreckt auf die Füße.

„Das ist im Schloß.“ Tom spurtete bereits. „Klingt nach ihr.“

Er flitzte über den Vorplatz, hielt zu aufs Portal, sah aber im selben Moment, daß ein Fenster geöffnet war. Von der Bank aus hatte er das nicht bemerkt. Ein Zierstrauch verstellte die Sicht.

Warum nicht? dachte er. Ehe ich klingele. Da drin ist ja die Hölle los. Klingt nach Mord und Totschlag. Oder leidet Stepanka unter Alpträumen?

An der Hauswand hechtete er hoch. Er erwischte die Kante der Fensterbank und zog sich hinauf.

Es war Stepankas Zimmer. Das sah er zwar nicht. Aber der Duft verriet es: eine Mischung aus Zigarettenrauch und Succutti-Parfum.

Er fand die Tür. Dann war er im Flur.

Gertrud kam ihm entgegen, in einen blauen Morgenmantel gehüllt. Fassungslos sah sie ihn an.

„Bitte,keine Mißverständnisse, Frau Dölme! Ich komme zufällig vorbei, höre das Schreien und bin durch ein offenes Fenster reingeklettert. Scheint Stepankas Zimmer zu sein. Sie hat geschrien, nicht wahr? Aber sie ist nicht drin."

Ihr Blick ging an ihm vorbei.

Er drehte sich um.

Großvater Wilhelm und Pirat, den er am Halsband hielt, standen vor einem geöffneten Raum.

Tom rannte zu ihm.

„Ein ... ein Mißverständnis", stammelte der Blinde, und Tränen rannen über sein Runzelgesicht. „Ich glaubte, ein Dieb sei in der Bibliothek. Ich glaubte wirklich zu hören, jemand mache sich am Safe zu schaffen. Und ... weil ich selber so hilflos bin ... habe ich Pirat losgelassen. Aber es ist ... Stepanka. Nur ein Buch wollte sie sich ..."

Tom trat an ihm vorbei und konnte jetzt in den Raum sehen.

Der Anblick verschlug ihm die Sprache.

Sofort kümmerte er sich um das Mädchen.

Sie war nicht bewußtlos, aber leichenfahl. Ihr Kreislauf erholte sich nicht. Sie konnte kein Glied rühren.

„Holen Sie Schnaps, Frau Dölme!" rief er. „Das braucht sie jetzt. O weh! Pirat hat sie in den Hintern gebissen."

Er hob Stepanka auf. Sie wurde auf die Couch gelegt, die unter dem Fenster stand.

Rasch sah er sich um. Der Safe war geöffnet. Ein Tablett voller Schmuck stand auf dem Schreibtisch. Er öffnete den Lederbeutel.

Dann beugte er sich über Stepanka.

„Du arbeitest mit Nolde zusammen, nicht wahr? Da hast du dir aber was ans Bein geschnallt, du blöde Kuh. Und jetzt raus mit der Sprache, sonst lernst du Engelbert Conradi von seiner schlechtesten Seite kennen: Wo – ist – Nolde?"

Sie balancierte auf dem schmalen Grat zwischen ‚sterbenselend' und totalem Kreislaufversagen.

„Im ... Erlenhof", hauchte sie.

„Nennt er sich Otto Nolde?"

„Bernd ... Behnke."

Na also, dachte er. Das hätten wir.

„Sie ... sie wollte doch nur ein Buch holen?" kam Wilhelms verzweifelte Stimme von der Tür her.

„Tut mir leid", sagte Tom. „Sie haben den Dieb tatsächlich erwischt ... die Diebin."

Gertrud kam mit einer Flasche Cognac, und Tom lief zum Portal, um Locke hereinzulassen.

29. Beknackte Sumpfralle

Toms Vespa röhrte. Nachtwind pfiff beiden um die Ohren. Aber Locke nutzte den Windschatten hinter ihrem Freund aus und drückte auch das Gesicht in seinen Kragen.

„In Schloß Wolpertingingen ist eine Welt zusammengebrochen“, sagte sie gegen Toms linkes Ohr. „Jedenfalls für Gertrud und vor allem für den Großvater. Kann man ja auch verstehen. Es ist super-tragisch.“

„Ich verstehe diese beknackte Sumpfralle nicht“, erwiderte er. „Sie hat alles, wird verwöhnt von zu Hause, ist umhegt wie die Puddingprinzessin – sollte den Schmuck sogar erben! Und dann so was. Das muß ein Charakterfehler sein.“

Stepanka hatte sich leidlich erholt von ihrem Schwächeanfall – und ein umfassendes Geständnis abgelegt, während man auf den Arzt wartete, der ihre rückseitige Bißwunde versorgen sollte.

Zuerst mußte sich der Medizinmann dann freilich um den Großvater Wilhelm kümmern. Ihm drohte ein Herzanfall. Was ihm sein heißgeliebtes Enkelkind antat – das war mehr, als er verkraften konnte auf seine alten Tage.

Das muntere Pärchen blieb nicht lange.

Von Sieglinde, die schockiert war wie alle Schloßbewohner, ließen sich die beiden erklären, wo Kriminal-Inspektor Ludloff zu finden sei.

Tom hielt es für besser, Noldes Festnahme nicht als Privatsache aufzuziehen.

Erstens befand man sich im Ausland, zweitens war Nolde bewaffnet und drittens mußten er und sein Gepäck von Amts wegen durchsucht werden – wegen der 5000 Mark.

„Vielleicht steinigt uns Ludloff“, meinte Locke, „wenn wir ihn aus dem Bett werfen.“

Sie täuschte sich.

Trotz nächtlicher Stunde brannte in seinem Siedlungshaus Licht.

Ihr?

Gestiefelt und gespornt öffnete er, nachdem sie geklingelt hatten.

Verblüfft schob er die Brauen hoch. „Ihr? Ich warte auf Dräuml und Harthammer!“

„Ich bin Harthammer“, grinste Tom, „und Locke mimt gern mal den Dräuml, wer auch immer das sein mag. Wir brauchen Ihre Hilfe, Inspektor. Ein ganz großer Fang steht ins Haus.“

„Noch einer? Das wäre der zweite für heute nacht. Sind wir in Chicago? Von meinem Jagdobjekt erzähle ich euch gleich. Weil ihr dann merkt, daß ich wieder mal recht hatte. Böcklein hat sich schon verbeugt – vor meinem Instinkt. Also, worum geht's?“

Locke drehte sich um, weil hinter ihr ein Polizeiwagen hielt. Zwei Uniformierte stiegen aus.

Aha! Das waren sicherlich Dräuml und Harthammer.

*

Auf Burg Henkersstein brannte noch Licht im Ritterschlag-Saal.

Nur zu besonderen Anlässen gestattete Graf Drago den Zutritt. Achtete er doch sehr darauf, den Boden zu schonen. Denn die welligen Fliesen, auf denen man weder tanzen noch schreiten konnte, stammten aus dem Endjahr der Erbauung – waren jedoch in mehr als 600 Jahren erheblich strapaziert worden.

Graf Drago saß am Kopfende der Tafel.

Hinter der Brille glitzerten seine Augen.

Fritz Quasimothke saß acht Stühle entfernt.

Er schwitzte – trotz der Kühle der Nacht. Über seinem kurzärmeligen T-Shirt trug er nur eine sommerleichte Jacke.

Fratti saß am unteren Ende der Tafel und schien sich nicht wohlzufühlen. Seine marionettenhafte Gestalt lehnte gegen den Tischrand.

„Also um drei Uhr“, sagte Drago. „Mehr gibt es nicht zu

sagen. Du bleibst hier, Sohn. Mit deiner Kurzsichtigkeit störst du nur. Fritz und ich erledigen das."

Der Verwalter grinste.

„Und Plutarch erledigt ihn", stellte er genüßlich fest.

„Das wird seine Feuerprobe", nickte Drago. „Schnell und lautlos muß er angreifen."

Auch Plutarch war anwesend.

Eine Weile hatte er unter dem Gemälde von Gräfin Clothilde mit einem Knochen aus Büffelleder gespielt. Diese Knochen mochte er sehr. Und wenn sie ihn langweilten, zerfetzte er sie mit schnellen Bissen.

Jetzt rannte die Riesenratte zu Drago und schmiegte sich an sein Bein.

Er kraulte den Rattenkopf. Plutarch quiekte.

Drago bückte sich und überprüfte, ob das rote Halsband richtig saß.

„Übrigens habe ich diesen Matzl gesehen", sagte er unter der Tischkante hervor. „Vorhin, als ich mit dem deutschen Weinhändler im Gasthaus ZUR POST saß. Matzl hielt sich im Nebenzimmer auf. Er hat ganz schön gesoffen. Ich hörte mehrfach, wie er mit Namen angeredet wurde."

Diese Ratte! dachte Fratti. Diese raschelnden Pfoten! Schauerlich! Eines Tages erschieße ich sie. Aber heute nacht leistet sie gute Dienste.

30. Verhaftung

„Zimmer 211 ...“, stammelte der Nachtportier vom Hotel Erlenhof. „Das ... das ist im zweiten Stock. Das elfte Zimmer. 211 – steht an der Tür. Sie können den Lift nehmen, Herr Inspektor. Oder die Treppe.“

Er war völlig verstört. Eben hatte er sich in dem kleinen Büro hinter der Rezeption einen Video-Krimi angesehen. Jetzt holte ihn die Wirklichkeit ein.

„Und Sie sind sicher“, fragte Ludloff streng, „daß sich Bernd Behnke in seinem Zimmer befindet?“

Der Nachtportier nickte. „Er hat seinen Schlüssel geholt und ist hochgefahren.“

Ludloff drehte sich um. Zu Böcklein und Harthammer sagte er: „Ihr geht über die Treppe. Dräuml und ich nehmen den Lift.“

„Und wir?“ fragte Tom.

„Ihr wartet hier. Wehe, ich sehe euch irgendwo oben. Das könnte ich vor mir und vor Fräulein Ninas Vater, dem geschätzten Herrn Rehm, nicht verantworten.“

Also gut! dachte Tom. Warten wir.

Mit Locke nahm er Platz in der Sesselgruppe – der Rezeption gegenüber.

Auf einer Zimmerpalme lag Staub. Die meisten Schlüssel hingen am Schlüsselbrett. Offenbar war nicht viel los im Hotel Erlenhof.

Tom wechselte seinen Platz, setzte sich neben Locke auf das Sofa. Sie war etwas blaß vor Müdigkeit. Aber die Glutaugen sprühten. Anstelle des Florentinerhuts trug sie ein Kopftuch. Es war raffiniert geschlungen und stand ihr genauso gut.

„Hoffentlich vermasseln die nichts“, sagte Tom leise.

Seine Befürchtung war unbegründet.

Nach verhältnismäßig kurzer Zeit kamen alle die Treppe herunter.

Dräuml und Böcklein führten Nolde zwischen sich. Er trug

Handschellen, war vollständig bekleidet und schien nicht zu begreifen, wieso es ihn erwischt hatte.

Beim Anblick des Pärchens stolperte er.

Die beiden traten ihm entgegen.

„Betrüger!“ sagte Locke verächtlich. „Aber damit ist es endgültig vorbei. Außerdem haben Sie auf Tom geschossen und die Bio-Bauern vom Blohmeier-Hof bedroht. Das kostet zehn Jahre extra. Mindestens.“

Er zuckte zurück, kaute heftig an seinem graublonden Schnauzbart und erhielt – versehentlich – einen Stoß in die Kniekehlen. Von seinem eigenen Koffer.

Denn Harthammer, der hinter ihm stand, trug Noldes Gepäck und ging nicht sehr pfleglich damit um.

„Er hat eine Menge Geld bei sich“, Ludloff grinste. „In verschiedenen Währungen. Deutsche Mark sind auch dabei. Ich habe es noch nicht gezählt. Aber es könnten 5000 sein.“

„Ihre Komplicin“, sagte Tom zu Nolde, „wurde vorhin gefaßt – als sie den Schmuck austauschen wollte. Sie hat ausgepackt. Also lassen Sie mal alle Hoffnungen fahren. Für Sie ist nichts mehr drin außer Knast.“

*

Nolde befand sich hinter Gittern. Über dem Tal zogen Wolken auf. Ludloffs Eitelkeit triumphierte, und Tom sah unauffällig zur Uhr.

Es war 2.14 Uhr.

Die Zeit hatte ausgereicht. Kriminal-Inspektor Ludloff führte dem Pärchen vor, daß er sich nicht täuschte. Böld war nicht verunglückt. Böld war Opfer eines Mordanschlags – wie das Telefongespräch zwischen Fratti und Matzl eindeutig bewies.

„Und nachher auf dem Neuen Friedhof“, lächelte der Inspektor, „schnappt die Falle zu.“

„Ich bin von den Socken!“ gestand Tom.

Auch Locke bekundete Verblüffung.

„Dürfen wir ...“, begann Tom.

„Natürlich dürft ihr jetzt nach Hause und ins Bett“, fiel ihm der Inspektor ins Wort. „Grüßt Dr. Rebsam. Die Sache beim Friedhof ist Polizeiarbeit. Nichts für Halbwüchsige. Klar? Es ist schon ein großes Entgegenkommen meinerseits, daß ich euch in alles einweihe. Aber Fräulein Ninas Vater“, er lächelte, „will in seiner Zeitung vielleicht etwas veröffentlichen – über die Leistungen der hiesigen Polizei.“

„Da wäre es doch fabelhaft, wenn Sie uns als Augenzeugen mitnähmen“, bohrte Tom.

„Kommt nicht in Frage. Kein Wort mehr. Gute Nacht!“

Mit hängenden Köpfen bestiegen sie den Roller.

Tom fuhr bis zum Parkplatz ORTSMITTE.

„Es ist geradezu kränkend“, meinte Locke, „daß der von uns denkt, wir gingen jetzt tatsächlich in die Heia.“

„So genau kennt er uns doch nicht. Unser Ruf ist noch nicht international, sondern sehr beschränkt auf die Heimatstadt, die große. Ich könnte mich kringeln.“

„Du meinst die Bandaufnahme von dem abgehörten Telefonat.“ Locke nickte. „Ich habe auch den Eindruck, daß dieser Matzl den Grafensohn total verarscht.“

„Drück dich vornehmer aus, Nina Rehm. Aber du hast recht. Magnet-Dreher mit Rotation-links-Effekt. Das muß man gehört haben. Wir haben diesen Matzl doch gesehen, als er den Pfandl aushorchte. Jetzt packt der Halunke den Zufall beim Schoß und bucht den Fenstersturz als eigene Leistung ab.“

„Findest du nicht auch: Für eine harmlose Geldübergabe ist drei Uhr früh eine ungewöhnliche Zeit. Und der Friedhof als Ort allemal verdächtig.“

„Deshalb wollen wir ja zusehen.“

Sie parkten den Roller.

Als sie sich dem Friedhof näherten, wurde der Mond ihr Verbündeter, versteckte sich nämlich hinter einer dunklen Wolke.

„Obacht!“ flüsterte Tom und zog Locke hinter ein Gebüsch.

Sie waren noch ein gutes Stück entfernt vom Friedhofseingang. Am Straßenrand, etwas verdeckt von den überhängenden Zweigen einer Weide, stand ein Porsche. Hinter dem Fahrerfenster leuchtete die Glut einer Zigarette auf.

„Da sitzt wer drin“, sagte er. „Ich glaube, es sind zwei.“

„Drago und Konsorten“, flüsterte Locke, „fahren unter anderm auch Porsche. Jedenfalls habe ich zwei heiße Schlitten auf dem Burghof gesehen – einen neuen und einen alten.“

Toms Augen kamen mit der Dunkelheit gut zurecht. „Das dort ist der alte. Ich erkenne ihn.“

„Wo bleibt Ludloff?“

„Die Gendarmen kommen, wenn sie nicht völlig mit dem Steinbeil gepudert sind, von der anderen Seite über den Gottesacker. Was mehr oder weniger richtig ist. Total falsch wäre es natürlich, wenn Matzl aus unserer Richtung heranschnürt. Dann fangen ihn Fratti und der andere hier ab – und nicht erst beim Familiengrab Wenzelmeier, wo der bekackte Obelisk steht.“

Sie warteten. Es schien endlos zu dauern.

Schließlich verkündete die Kirchturmuhr, daß es drei Uhr früh sei.

Kurz darauf tappte eine vierschrötige Gestalt an Tom und Locke vorbei. Sie erkannten Matzl. Er bemerkte sie nicht. Sie kauerten hinter dem Gebüsch und hielten den Atem an.

31. Plutarch, die Riesenratte

Später – in der Rückschau – erinnerten sich beide nur mit Grausen. Ähnliches hatten sie noch nie erlebt.

Matzls Gang war etwas unsicher. Offenbar hatte er gebechert, der Typ.

Lasch schlurfte er an dem Porsche vorbei.

Den beachtete er nicht. Offenbar hatte er die grauen Zellen auf Null gedreht, oder er glaubte, daß dort ein Liebespaar knutsche.

Er näherte sich dem Friedhofseingang.

Im Porsche flammte die Innenbeleuchtung für einen Moment auf. Weil beide Türen geöffnet wurden. Zwei Gestalten stiegen aus.

Tom erkannte sie.

„Ist ja gar nicht der Grafensohn", flüsterte er überrascht.

„Graf Drago und Fritz Quasimothke", wisperte Locke.

Hatte Drago seinen Hund mitgebracht?

Tatsächlich! Der sprang aus dem Wagen, hing offenbar an der Leine und hatte ganz gewiß zu lange Krallen. Sie kratzten und raschelten auf dem Asphalt.

Ein Cocker-Spaniel ist es nicht, dachte Tom. Vielleicht ein besonders kräftiger Jagdterrier? Nee, auch nicht.

Drago bückte sich, hakte den Hund von der Leine und wies auf Matzl, der den Eingang fast erreichte hatte.

Ein gezischelter Befehl. Tom begriff in derselben Sekunde.

Das war kein Hund, sondern . . .

Ein komisches Quietschen erscholl.

Pfeilschnell jagte das Tier durch die Nacht.

Tom schnellte hoch.

„Vorsicht, Matzl!" brüllte er.

Er rannte los.

Drago und sein Verwalter fuhren herum. Mit einem Sprung kam Quasimothke hinter dem Porsche hervor. Er warf sich Tom in den Weg.

Beim Friedhofseingang schrie Matzl wie am Spieß.

Tom sah, wie ihn das Tier ansprang, sich offenbar in seinen linken Oberarm verbiß.

Ohne seinen Lauf zu bremsen, riß Tom den Ellbogen hoch.

Er traf Quasimothke voll auf die Stirn.

Wahrscheinlich wäre auch ein Ochse umgefallen.

Dragos Vertrauter rollte über die Straße – bis zur anderen Seite, wo er liegenblieb.

Tom hörte Lockes Schritte hinter sich.

Matzl taumelte. Seine Knie knickten ein. Das Tier hing immer noch an ihm, quiekte und quietschte wie wild.

Jetzt war Tom bei ihm. Er wollte zugreifen – und erstarrte. Kaum daß er seinen Augen traute.

War das wirklich eine Ratte? Eine Riesenratte?

Matzl plumpste auf die Knie und verdrehte die Augen.

Die Ratte hing mit Krallen und Zähnen an seiner Schulter.

Tom packte sie im Genick. Mit der andern Hand griff er in ihr Rückenfell. Alle Kraft mußte er aufbieten, um dieses Vieh zurückzureißen. Das Quieken steigerte sich zur Raserei. Sie biß um sich. Krallen schlugen in die Luft. Wohin mit dieser Teufelsgeburt?

Er stand nahe bei der Mauer, holte Schwung und schleuderte die Ratte von sich.

Das Quietschen ging über in schrilles Pfeifen. Vielleicht gefiel ihr die Luftreise.

Die Ratte flog über die Mauer und landete auf einem Kiesweg – unmittelbar vor Ludloff und Harthammer, die – gefolgt von Dräuml und Böcklein – aus Richtung Familiengrab Wenzelmeier heranstürmten.

In der Sekunde kam der Mond hinter den Wolken hervor.

Das gesamte Polizeiaufgebot erkannte, was ihnen da vor die Füße fiel. Alle hielten Pistolen in den Händen. Augenblicklich flogen die Kugeln. Es klang schöner als ein Feuerwerk zu Silvester, und nur um Haaresbreite verfehlte Dräuml den rechten Fuß des Inspektors.

Variant! Matzl!

Keine Kugel traf Plutarch.

Aber Graf Dragos Prototyp begriff, daß er hier keinen Stich machen konnte.

Da war ein Huschen und Rascheln – und die Riesenratte Plutarch verschwand zwischen den Grabsteinen, an denen die Dunstschwaden wie ausgebleichte Trauerschleier hingen.

„Tom!"

Das war Lockes Stimme.

Er wirbelte herum. Graf Drago versuchte, Locke in den Porsche zu zerren.

Er ließ zwar davon ab, als er Toms Ansturm gewahrte, griff aber in die Tasche. Zur Waffe?

Tom ging kein Risiko ein.

Mit einem Handkantenschlag fegte er den alten Widerling von den Füßen.

*

Auch beim letzten Akt des Dramas konnten Tom und Locke dabei sein.

Fredericus Attila Graf Pfählingen, genannt Fratti, wurde verhaftet, als er in der Giftküche seines Vaters mit dem verzückten Lächeln eines Übergeschnappten brodelnde Chemikalien zusammenrührte.

Ludloff legte ihm Handschellen an. Das Pärchen sah sich um in Graf Dragos Folterkammer und kam aus dem Staunen nicht heraus.

Aber auch das ließ sich steigern.

Fritz Quasimothke sorgte dafür, als er in Ludloffs Büro saß und mit Schweißausbrüchen kämpfte. Er war total geschafft, konnte den Kopf nicht ruhig halten und schnaufte wie ein uraltes Walroß. Wegen seiner ständigen Schweißausbrüche trug er keine Jacke.

Locke und Tom starrten auf seinen Unterarm, den linken.

Eine Meerjungfrau war dort tätowiert. Sie balancierte auf ihrem Fischschwanz – und sie hieß Lisa, wie der Namenszug deutlich verriet.

„Inspektor“, sagte Tom. „Dieser Mensch hat Sieglinde von Schnuckbor, die sich heutzutage Frau Schnuck nennt, vor genau 40 Jahren gekidnappt. Sie kennen die Geschichte? Gut. Er war ihr Kerkermeister, war zwar maskiert, aber einmal hat er – versehentlich – diese Tätowierung gezeigt. Tja, und der andere Typ, der beteiligt war, das kann nur Graf Drago gewesen sein. Das ganze wurde inszeniert, um Sieglinde um ihr Erbe zu prellen – um die Hälfte des Riesenvermögens, das der alte Pingus hinterließ. Also, ich bin gebügelt, Locke, du auch, nicht wahr? Jetzt endlich kommt diese Teufelei ans Licht."

*

Alles kam ans Licht.

Matzl gestand seinen Betrug – Fratti den Mordauftrag. In Graf Dragos Folterkammer wurde festgestellt, was seine Erfindung war: die sogenannte Giftmolke Reblausica traubmanda, mit der er zweierlei bewirken konnte. Zum einen besserte er seine miesen Weine zu Spitzensorten auf – was aber verbunden war mit erheblichen Gesundheitsschäden für den Verbraucher. Zum andern wirkte die Molke als Futter für eine Riesenratte. Und wie Tom und Locke vermuteten: Graf Drago war verantwortlich für Sieglindes Entführung.

Fritz Quasimothke und Sohn Sascha waren Mitwisser.

Von Böld ist Erfreuliches zu berichten. Er kam wieder auf die Beine, gab zwar das Weintrinken nicht auf, zechte aber künftig nur noch bei geschlossenen Fenstern in seinem Turm.

Stepanka entwischte der Gerechtigkeit. Großvater Wilhelm brachte es nicht über sich, seine – einstmals geliebte – Enkelin anzuzeigen. Stepanka stahl sich heimlich weg aus dem Familienkreis. Später hörte man, sie sei in Sri Lanka gesehen worden, arbeite dort bei einer Tee-Firma.

Nolde verschwand für sehr lange Zeit im Knast.

Tom und Locke erhielten ihr Geld zurück. Das versteht sich von selbst.

Plutarch wurde nie wieder gesehen. Aber ein Gerücht ging bald um, in den zerklüfteten Schluchten des Wolkenmelkers und der umliegenden Berge würde nachts eine Riesenratte nach Wolfsart den Mond anheulen – allerdings pfeifend und quietschend, also mit den Tönen der Nager.

Locke und Tom hatten in Bad Gahstfrey neue Freunde gewonnen. Dr. Rübsam mußten sie versprechen, ihn wieder zu besuchen.

Also nicht
zu lange auf-
schieben.
Ich bin
immerhin
92.!

„Aber nicht zu lange aufschieben“, meinte er augenzwinkernd. „Ich bin immerhin 92.“

„Ich prophezeie Ihnen 120 Lebensjahre“, sagte Locke. „Also haben wir noch sehr viel Zeit.“

So endeten die Ereignisse, die damit begonnen hatten, für Helga ein Jubiläums-Geschenk zu erstehen.

„Wir bleiben bei einem Brillantring“, sagte Locke. „Nun erst recht. Aber keine so windige Sache wie beim ersten Anlauf. Nein! Diesmal gehen wir gleich zur richtigen Adresse. Der Juwelier Pagett wird sich freuen.“

„Na, und wie!“ lachte Tom. „Er rechnet doch erst mit mir, wenn ich dein Hochzeitsgeschenk kaufe. Aber da habe ich umdisponiert. Du kriegst keinen Brillantring, sondern ein Succutti-Parfum. Tempête chaude.“

„Untersteh dich!“ drohte sie.

ENDE

Liebe Locke- und Tom-Freunde!

Ganz schön aufregend, was die beiden erleben, nicht wahr? Wenn es darum geht, anderen zu helfen, greifen Locke und Tom ein – koste es, was es wolle. Denn Locke ist schon ein tolles Mädchen, und Tom ein prima Kumpel, mit dem man Pferde stehlen kann. Es vergeht kaum ein Tag, an dem bei Tom nicht das Telefon klingelt: „Hallo Tom, hier Locke ...!" Und was bei diesen Telefonaten ausgeheckt wird, erfahrt Ihr in den spannenden „Locke-und-Tom-Büchern", von denen es noch mehr gibt. Stefan Wolf hat sie geschrieben, den Ihr sicher schon als Autor der TKKG-Bücher kennt, auch einer erregenden PELIKAN-Serie. Gewiß interessieren Euch die anderen „Locke-und-Tom-Bücher" ebenso – mit den vielen lustigen Zeichnungen Eurer Lieblinge! Hier sind sie:

Hundejäger töten leise (Band 1)
In der Stadt verschwinden Hunde und Katzen. Ganz offensichtlich sind gemeine Tierjäger unterwegs. Das vermutet die Polizei, und auch der Tierschutzverein hat einen Verdacht. Aber noch niemand weiß, was hinter diesen rätselhaften Diebstählen steckt. Werden die armen Tiere zu grausamen Versuchen benutzt, an deren Ende ihr „leiser" Tod steht? Locke und Tom, beide leidenschaftliche Tierfreunde, finden die richtige Spur. Sie führt nicht nur zu einem Tierhändler, dessen Geschäfte schon immer anrüchig waren. In den skrupellosen Handel sind noch ganz andere Leute verwickelt, hinter denen niemand solche Gemeinheiten vermutet.

Terror durch den heißen Draht (Band 2)
Eine unbekannte Mafia terrorisiert die Stadt. Angesehene Bürger, die jeder kennt, aber auch irgendwelche Nachbarn von nebenan werden nachts angerufen, bedroht oder zu erfundenen Terminen bestellt, wo Gangster sie hinterrücks überfallen. Was wollen die Verbrecher mit ihren „Todesfallen" erreichen? Die Polizei blickt nicht durch. Locke und Tom wollen helfen, denn auch viele ihrer Freunde sind bedroht.

Giftalarm am Rosenweg (Band 3)
Beim Spielen am Rosenweg entdecken Kinder buntbemalte Fässer. Weil die Schrift schon unleserlich geworden ist, ahnen sie nicht, daß sie Gift vor sich haben. Die Folge: schleichende Verletzungen und rätselhafte Erkrankungen. Aber die Kinder schweigen, weil sie Angst vor Strafe haben. Ein Rätselraten beginnt – bis die Polizei endlich die Fässer findet und Giftalarm gibt. Noch aber weiß man nicht, wer der verantwortungslose Täter war. Locke und Tom finden eine überraschende Lösung ...

Die Fußball-Oma darf nicht sterben (Band 4)
Alle lieben Oma Meyer, weil sie immer fröhlich ist und den Jungs von der Fußballmannschaft hilft. Sie füllt die Vereinskasse auf, feuert begeistert die Spieler an, wäscht die verschwitzten Trikots. Deshalb heißt sie auch Fußball-Oma. Aber in letzter Zeit machen sich nicht nur Locke und Tom Sorgen um Oma Meyer. Irgend etwas bedrückt sie, doch sie will nicht so recht heraus mit der Sprache. Als es schließlich zu regelrechten Mordanschlägen auf die liebe alte Dame kommt und eine seltsame „alte Bekannte" erscheint, da nehmen Locke und Tom die Sache in die Hand.

Flammen um Mitternacht (Band 5)
Ein nächtlicher Brand in Lockes und Toms Heimatstadt erregt mehr Aufsehen, als das ganze Feuer überhaupt wert ist. Zwar brennt ein Wohnhaus nieder, und das ist schon schlimm genug, aber was Feuerwehr und Polizei dabei feststellen, ist noch viel erschreckender: Aus den Flammen werden 50 Menschen gerettet, wo doch im ganzen Haus höchstens zehn Leute Platz gehabt hätten. Dazu tauchen plötzlich Ausländer auf, die unter jener Adresse gar nicht registriert waren. Menschenhandel? Illegale Arbeitskräfte? Locke und Tom sind davon überzeugt, daß etwas oberfaul ist.

Überfall nach Ladenschluß (Band 6)
Die Mafia geht um. In der Stadt werden italienische Gastwirte von sizilianischen Landsleuten erpreßt. Sie fordern Schutzgeld, wie sie das nennen. Der Boß heißt Cordone, aber er hat einen Rivalen, von dem er nichts weiß: Vittorio mit der roten Maske. Er überfällt und plündert auf eigene Rechnung. Und dann terrorisiert noch ein Maskierter seine Mitbürger. Er treibt im Schatten der Mafia sein Unwesen: Wilhelm Hartmann. Als er eine Frau beraubt, verliert er seine Maske und wird von Locke erkannt. Seitdem lebt sie gefährlich ...

Der Mann mit den tausend Gesichtern (Band 7)
Lockes Vater, der Redakteur Gunter Rehm, ist in Gefahr. Der Sittlichkeitsverbrecher Oswald Pollner, den Gunter vor zwölf Jahren überwältigt und der Polizei ausgeliefert hatte, soll bald aus dem Gefängnis entlassen werden. Jetzt will er Rache nehmen an Gunter und seiner Familie. Pollner war Maskenbildner beim Theater, und deshalb trat er bei seinen Verbrechen in immer neuen Verkleidungen auf. Pollner ist auch nach einem dutzend Jahren hinter Gittern der abgebrühte Gangster-Profi mit den tausend Gesichtern geblieben. Wie werden Gunter, seine Tochter Locke und ihr Freund Tom sich gegen den Verbrecher wehren?

Aufruhr in der Unterwelt (Band 8)
Als eine Bande jugendlicher Fahrraddiebe sich darauf verlegt, in Wohnungen einzubrechen, erbeuten sie in einem luxuriösen Appartementhaus einen Koffer mit Geld. Daß es Falschgeld ist, können sie nicht ahnen. Der Wohnungsinhaber, ein berüchtigter Geldhehler, will es „reinwaschen", das heißt, umtauschen in echtes Geld. Das soll der etwas tölpelhafte Fahrer eines Geldtransports besorgen. Aber der Falschgeld-Diebstahl durch die Einbrecherbande und ein Überfall zweier Knastbrüder auf den Transportfahrer und seine Frau vereiteln die „Geldwäsche". Nun gerät die ganze Unterwelt der Stadt in Aufruhr. Doch das schreckt Locke und Tom nicht im geringsten.

Die Nacht am schwarzen Grab (Band 9)
Der reiche Fabrikant Köhler und seine Frau kommen bei einem Flugzeugabsturz ums Leben. Sein riesiges Vermögen vermacht er seinem verschollenen Sohn Markus. Der war vor 13 Jahren als Baby entführt worden, die Tat nie geklärt. Was niemand weiß: Markus lebt tatsächlich noch, heißt jetzt aber Toni Woretzki, und er hält Paula Woretzki für seine Mutter. Von seiner wahren Herkunft hat er keine Ahnung. Paula war die Braut des Kidnappers Alfons Schäwig gewesen, und sie hatte das entführte Baby behalten, weil sie ihr leibliches Kind verlor. Liebevoll zog sie den Jungen groß. Als nun in allen Zeitungen vom Erbe des Fabrikanten Köhler berichtet wird, erscheint plötzlich der Ganove Schäwig wieder, um zu kassieren. Ein gemeines Spiel beginnt, das beinahe ein böses Ende nimmt – wenn Locke und Tom sich nicht der Sache annehmen würden.

Der Feind aus dem Dunkeln (Band 10)
Erwin Kotter, der im Gefängnis eine Strafe absitzt, bekommt Hafturlaub. Als „Freigänger", wie man dies nennt, nutzt Kotter die Chance, sich an Richter Schwörle und seiner Familie zu rächen, der ihn verurteilt hat. Die 15jährige Sabine Schwörle, Tochter des Richters, ist mit Locke befreundet. Klar, daß sie und Tom sich sofort einschalten. Mysteriös wird der Fall, als Kotter wieder in seiner Gefängniszelle sitzt und die Anschläge trotzdem weitergehen. Er hat das sicherste Alibi der Welt, und man kann ihm nichts anhaben. Wer sind die Täter?

Die Bande des Schreckens (Band 11)
Eine gefährliche Bande Jugendlicher versetzt die Stadt in Angst und Schrekken. Sie hausen wie die Vandalen, wüten in Parkanlagen, demolieren Telefonzellen, legen Brände in der U-Bahn und verbeulen parkende Autos. Wer sich

ihnen in den Weg stellt, wird zusammengeschlagen. Die Polizei erscheint machtlos. Als auch der Ganove Reichard zu der Bande stößt, wird es Locke und Tom zuviel. Denn mit Reichard haben sie persönlich abzurechnen, und deshalb beschatten sie ihn. Dabei werden sie Zeuge, wie er vor einen U-Bahnzug gestoßen wird: Mordversuch! Was die beiden nun ermitteln, stürzt sie in einen Gewissenskonflikt.

Straßenräuber unter Palmen (Band 12)

Der internationale Betrüger und Erpresser Lappmann ist auf der Flucht. Er fürchtet die Rache der Ölscheichs, die in Spanien ihre Ferienhäuser haben. Mit einem Trick hat er 50000 Dollar von ihnen ergaunert. Lappmann muß untertauchen, und der Zufall scheint ihm dabei zu helfen: Auf dem Flughafen von Malaga findet er eine Brieftasche mit Ausweispapieren auf den Namen Fischer. Lappmann sieht diesem Mann auf dem Paßfoto täuschend ähnlich, und deshalb schlüpft er in seine Rolle. Weil Fischer aus der Großstadt kommt, in der Locke und Tom wohnen, taucht auch der Erpresser Lappmann dort auf. Er weiß nicht, daß Fischer ebenfalls in üble Machenschaften verwickelt ist und nicht nur von der Polizei gesucht wird, sondern auch von Locke und Tom.

Die Unheimlichen (Band 13)

In der Stadt geht die Angst um. In Straßenbahnen, U- und S-Bahnen werden immer wieder Bürger überfallen und beraubt. Haben die Gangster zugeschlagen, sind sie jedes Mal wie vom Erdboden verschluckt. Deshalb nennt man sie in der Stadt „Die Unheimlichen". Sie ritzen ihren Opfern ein „T" in die Haut. Warum? Wer sind die Täter? Als auch Locke überfallen wird, ist sie entschlossen, die Verbrecher zu entlarven. Selbstverständlich ist ihr Freund Tom mit Eifer dabei.

Im Geisterschloß der Menschenhändler (Band 14)

Eine Verbrecherbande raubt Babies. Die armen Kinder verschwinden spurlos – von gemeinen Menschenhändlern für viel Geld an Ehepaare verkauft, die sich sehnlichst Kinder wünschen, aber keine bekommen können. Der grausame Handel bringt Millionen, weil gesetzliche Adoptionen sehr schwierig sind. Als auch im Bekanntenkreis von Locke und Tom ein Baby auf geheimnisvolle Weise entführt wird, verfolgen die beiden hartnäckig eine heiße Fährte. Locke und Tom wissen nur, daß die Gangster irgendwo im Ausland sitzen, angeblich in einem geheimnisvollen Geisterschloß.

100 Stunden Todesangst (Band 15)

Eine Bande gefährlicher Autobahn-Banditen die – meist als Polizisten verkleidet – Reisende überfallen, Autos stehlen und Lastzüge ausrauben, wird von der Polizei gestellt. Zwar entkommen die Räuber der Razzia, aber der Weg zu ihrem Hauptquartier, einem einsamen Bauernhof, ist abgeschnitten. Auf der Suche nach einem sicheren Versteck dringen sie in das Häuschen von Oma Rehm ein und nehmen die alte Dame samt ihrem Besuch als Geiseln. Locke und Tom haben die Spur der Bande aufgenommen und eine heiße Fährte entdeckt. Wer wird Oma Rehm und die anderen Geiseln befreien. Locke und Tom oder die Polizei? Wer wird das Versteck der Banditen früher aufspüren?

Geheimbund Totenkopf schlägt zu (Band 16)

Der Journalist Gunter Rehm, Lockes Vater, ist einer Gruppe auf die Spur gekommen, die sich „Geheimbund Totenkopf" nennt. Er hat bereits Fotos, Protokolle und Schriftstücke aufgestöbert, die beweisen, daß diese Gruppe Anschläge vorbereitet. Die Finsterlinge erfahren davon und wollen Gunter aus dem Weg räumen. Natürlich helfen Locke und Tom dem bedrängten Gunter. Jetzt haben die Banditen alle drei ins Visier genommen. Aber Locke, Tom und Gunter geben nicht auf, dem Geheimbund das Handwerk zu legen.

Die Funk-Füchse

- eine verschworene Gemeinschaft. Mit ihren CB-Funkgeräten lösen Bohne (Dieter), Bömmel (Jochen), Meikel (Michael) und Delphin (Claudia) auch die verzwicktesten Fälle.
144 Seiten, DM 7,80

1 Der Schatz im Birkenwald
2 Terror im Jugenddorf
3 Die Haschischbande wird entlarvt
4 Unternehmen Nachtschatten
5 Katzendieben auf der Spur
6 Kemals letzte Chance
8 Operation Förderkorb
10 Die Falle schnappt zu
11 Kampf mit dem Roten Blitz
12 Der Unglücksrabe aus Fernost
13 Automatenknacker am Werk
14 Erpresser leben gefährlich
15 Der Goldschatz im Badesee

Locke

Die Titelheldin heißt Nina, ein Mädchen mit glatten kastanienbraunen Haaren, das aber viel lieber Locken hätte. Der Spitzname verrät's. Locke besteht mit ihrem Freund Tom viele spannende Erlebnisse. **15 Titel sind schon da. 244 Seiten, DM 9,80**

1 Hundejäger töten leise
2 Terror durch den heißen Draht
3 Giftalarm am Rosenweg
4 Die Fußball-Oma darf nicht sterben
5 Flammen um Mitternacht
6 Überfall nach Ladenschluß
7 Der Mann mit den tausend Gesichtern
8 Aufruhr in der Unterwelt
9 Die Nacht am schwarzen Grab
10 Der Feind aus dem Dunkeln
11 Die Bande des Schreckens
12 Straßenräuber unter Palmen
13 Die Unheimlichen
14 Im Geisterschloß der Menschenhändler
15 100 Stunden Todesangst

Jugendbücher von Pelikan